Leandro Del Gaudio
Catello Maresca

SENSO DI MARCIA

Giapeto editore

Giapeto editore

grafica
Attilio Sommella

stampa
Tavolario stampa

prima edizione: novembre 2016
ISBN 978-88-9326-062-6

stampato in italia

Sommario

UNA STORIA ITALIANA
Duccio Giordano

Quando Leandro Del Gaudio mi ha chiamato per chiedermi di comporre una prefazione al libro scritto da lui insieme a Catello Maresca, ormai pronto per andare in stampa, gli ho risposto che sarebbe stato meglio trovare qualcuno di più autorevole o semplicemente qualcuno di autorevole e basta.

Da che mondo è mondo, le prefazioni le scrive chi ha notorietà, fama, talento narrativo riconosciuto; o, più semplicemente, le scrive chi lo sa fare.

Tu hai fatto il viaggio, Duccio, hai visto luoghi e facce, hai parlato con i magistrati, mi ha risposto, secco. Sei tu che hai girato un film sullo stesso argomento, persino con lo stesso titolo: devi farlo tu.

Io non ho mai scritto una prefazione di un libro, non saprei da dove cominciare e in qualche modo so di potervi rovinare il romanzo, ho pensato. E, subito dopo: Ok, lo faccio. Scriverò la prefazione del vostro libro.

Personalmente, ritengo che qualunque scelta della nostra vita nasca da una domanda. Nel caso specifico, quella che io mi sono posto prima di intraprendere il viaggio che mi ha portato a girare il documentario Senso di Marcia è stata: e se fosse tutto inutile? Se ogni nostro sforzo, ogni rinuncia, ogni porzione di tempo sottratto alla nostra famiglia e ai nostri affetti altro non fosse se non tempo sprecato, perduto dietro un'idea di legalità che sempre più spesso resta svuotata di un reale significato? Quanto pesano, davvero, le parole di un articolo di denuncia o i frame di un film d'inchiesta sulla criminalità organizzata? Chi vorrà leggerlo, alla fine, quell'articolo? Quanti, vedranno quel film?

Ripenso alla telefonata di poco fa, e sorrido accorgendomi di come – appena qualche mese prima, quando decisi di girare il documentario – i ruoli tra me e Leandro fossero invertiti.

Il film che stavo preparando parlava di lui, dei suoi dubbi, le esitazioni, le incertezze di un cronista di nera che all'improvviso decide di lasciare la piccola redazione del giornale per il quale scrive per partire con la sua vecchia motocicletta alla ricerca di risposte e nuovi stimoli.

Gli chiesi quindi di scrivere per me, doveva essere lui a farlo. Non volevo nessun altro. Sentivo il bisogno che mi parlasse di un viaggio tra le strade, le periferie e le procure italiane più remote.

Un'analisi personale, circoscritta – quasi privata, in un certo senso – di una realtà che all'improvviso potesse sembrare non appartenergli più, e spingerlo altrove.

Lui lo ha fatto con il suo telefonino – immagino tra un'udienza e un interrogatorio – aspettando, da bravo cronista, il momento giusto per poter avvicinare il magistrato di turno e strappargli una o due dichiarazioni sul caso del giorno che gli permettessero di guadagnare la prima pagina.

La prima fase del mio viaggio tra Sicilia e Calabria, in virtù del nostro accordo, è così divenuto un percorso condiviso e segnato da lunghi messaggi di testo che la sera leggevo sul mio telefono prima di impostare le interviste del giorno successivo.

Le sue missive telefoniche parlavano di uomini e donne dello Stato, quelli che lavorano da anni in silenzio nella periferia del mondo civile; persone normali, e che però, in qualche modo, erano riuscite a dare nuova linfa ed energia alle traballanti certezze di un piccolo giornalista di cronaca nera che aveva smarrito la convinzione – la sua piccola presunzione, diceva lui – di poter cambiare il mondo con carta e penna.

In quei lunghi sms che oggi stanno per diventare un romanzo, Sicilia e Calabria, Campania e Lombardia – territori diversi, regioni distanti anni luce dal punto di vista dell'economia e delle reali opportunità di lavoro – sembravano assomigliarsi non poco.

È una questione di prospettiva, immagino. Se guardate in funzione delle organizzazioni malavitose che in modi diversi le popolano, nutrendosi delle risorse migliori e lasciando il nulla dietro ogni loro investimento criminale, allora sì, la somiglianza c'è, ed è talmente nitida da far venire i brividi.

È pensando a tutto questo che, di colpo, mi sono accorto di come il mio film e il suo romanzo siano nati e cresciuti parallelamente nutrendosi l'uno delle informazioni e delle suggestioni vissute dall'altro. E allora, dopotutto, aveva ragione lui: messa così ha senso, che sia io a scrivere questa prefazione.

Tra i magistrati incontrati durante il mio viaggio cinematografico on the road – quello che poi è divenuto il libro per il quale adesso sto scrivendo – in particolare mi ha colpito la figura di Catello Maresca.

Introdurre le telecamere in Procura non è stata un'operazione facile: motivi di sicurezza impediscono le riprese che possano descrivere gli ambienti interni.

Mi devo mettere la giacca? È stata la prima frase pronunciata dal magistrato, oramai veterano della DDA e divenuto celebre per la cattura del super latitante Michele Zagaria. Come preferisce, ho risposto mentre mi guardavo intorno per capire se veramente quella montagna di carte che sovrastava la sua scrivania stessero lì per essere lette e studiate. Come farà? Quando troverà il tempo di aprire quei fascicoli enormi tenuti insieme da elastici malandati?

Lei non ha una famiglia? gli ho chiesto, immaginando che un uomo così potesse vivere soltanto per il lavoro.

Ho avuto da poco una figlia, mi ha invece risposto il PM, allargando un sorriso che partiva dagli occhi, mentre s'infilava la giacca e cercava invano di creare un po' di ordine sulla sua scrivania. Imparo delle filastrocche, sa, le recupero da internet e le mando a memoria quando ho bisogno di staccare la mente dai fascicoli che vede qui.

Bello, rispondo mentre piazzo il cavalletto e inserisco le batterie nel microfono direzionale. Il fatto però, continua lui, è che quando arrivo a casa già dormono tutti da un pezzo. Ne so tante di filastrocche, ormai, le ho imparate; ma non le posso cantare a nessuno, spiega, e sorride nuovamente mentre si siede dietro la scrivania. Ora è pronto, dice, possiamo iniziare l'intervista.

Ecco, io per lavoro incontro tanta gente, faccio interviste a decine, e raccolgo informazioni che possono essere utili alle mie inchieste; però, in tanti anni di lavoro ho imparato che le parti migliori delle chiacchierate che faccio con i personaggi che di volta in volta incontro sono sempre quelle non registrate.

Gela fa schifo, pensavo dentro di me mentre mi trovavo sul traghetto Caronte che mi stava facendo attraversare lo stretto di Messina. Ci stavo andando, a Gela, per incontrare Lucia Lotti. L'avevo sentita al telefono per organizzare un incontro e nonostante lei avesse cercato in tutti i modi di dissuadermi, avevo deciso che ci sarei andato, avrei incontrato il procuratore di Gela.

Gela è meravigliosa e mi mancherà, mi ha detto per prima cosa Lucia Lotti che a breve, dopo otto anni di Sicilia sarà trasferita a Roma.

Sono solo frasi di convenienza, ho pensato, chi può sostenere che questa città dimenticata da Dio con una fabbrica dismessa che giace a pochi chilometri dal centro cittadino e dal mare possa lasciare un bel ricordo?

Quando qualche giorno dopo sono partito da Gela, invece, avevo cambiato idea anch'io. E capito che il Procura-

tore capo di quella piccola cittadina sul mare era sincera, quando affermava che quel posto le sarebbe mancato.

Qui c'è stata una delle guerre di mafia più sanguinose di tutta la Sicilia, dice ancora, si ammazzavano per strada ogni giorno e quando sono arrivata non c'era neanche il carcere. Ora però le cose sono cambiate, lo stabilimento ha chiuso e la mafia – insieme alla fiorente economia industriale – si è spostata altrove. Me lo racconta mentre prendiamo un caffè in uno stabilimento sulla spiaggia, tranquillamente. Se il procuratore della città si muove a piedi e senza scorta – pensavo io mentre lei fissava le onde scivolare sulla sabbia – o la donna che ho davanti è completamente matta oppure quello che dice deve per forza essere vero.

Ecco, mi piacerebbe arrivare a vedere il momento in cui potrà essere così in tutta Italia. Sicilia e Calabria, Campania e Lombardia. Palmi e Catanzaro come Gela, Reggio Calabria e Napoli di nuovo libere dalle mafie. Un paese in cui ci si possa muovere senza scorte e auto blindate, dormire a casa propria e non in caserma, un mondo dove Catello Maresca torni a casa la sera in tempo per recitare, finalmente, tutte le filastrocche che ha imparato a memoria.

Mi piacerebbe farci un film, su un'Italia così, persino se nessuno poi lo andasse a vedere. E se faranno il libro che racconta questa storia, sarò ben contento di scriverne la prefazione.

Le mafie
hanno fondato il loro potere
sull'ignoranza e sull'inganno,
mostrando una realtà che non
corrispondeva a quella effettiva.

Catello Maresca,
da "Senso di Marcia"
di Duccio Giordano

È tempo di ristabilire la verità.

OUVERTURE

...Finalmente ci siamo, adesso è fatta per davvero. Ho la testa dura, io, e questa volta li ho bruciati sul tempo, sui contenuti.

Li ho fatti secchi, tutti quanti. Indagati eccellenti, ho tutti i nomi; una storia in esclusiva, uno scoop in piena regola, e ora mettetevi in fila. Le agenzie mi copiano, le reti satellitari e le radio mi corteggiano, le altre testate sbavano per l'invidia. Sono al centro del mondo, adesso, il re del mio piccolo mondo: siti, social, giornali, PM, avvocati, televisioni.

Già, le televisioni. La grancassa per ogni inchiesta, un TG per tasto sul telecomando, e ad ogni canale programmi su programmi dai nomi che sembrano film gialli, con inchieste che seguono altre inchieste, indagini sugli indagati e gli inquirenti, rivelazioni sulle guardie che inseguono i ladri e sui ladri che querelano le guardie, e chissà cos'altro. Qualche volta è un circo, il mio mondo.

Sembra un gioco di società, tutto questo carrozzone, e questa volta sono io a passare per primo dal via, a farmi l'albergo a Via dei Giardini. Ho vinto, e gli altri se ne facciano una ragione. Mi è andata bene, sì, magari ho avuto un po' di fortuna... ho la testa dura, io, e le spalle larghe. Così li ho fottuti tutti.

Già sembra un gioco, e me lo ripeto spesso quasi una cantilena da mandare a memoria; viene bene nei momenti in cui sale qualche dubbio, specialmente poi quando mi capita di ripensare alle prime mosse, ai primi passi.

Cos'erano, gli anni Ottanta? I Novanta, magari? Boh! So solo che sono tempi andati, se ci ripenso sembra un'altra era geologica. La cronaca nera all'epoca dell'Uomo di Neanderthal.

Facile fare il cinico adesso, che ho le spalle larghe, la pelle a prova di graffio. Non so se me la riesco a ricordare davvero, l'emozione dei primi articoli, il batticuore che sembrava quello dei tasti della macchina per scrivere, a vedere il mio nome in calce a quelle poche righe.

Era un altro mondo, quello, diverso da quello di oggi. Quasi in bianco e nero, senza lustrini, conduttori dal sopracciglio alzato e vallette sedute su uno sgabello dentro a tailleur da grandi giornaliste, tutto in diretta e tutti connessi, ventiquattr'ore su ventiquattro.

Quel mondo era diviso in due, ingenuo, elementare, naif... rassicurante persino: il bianco e il nero – come in tv a quei tempi – il bene e il male.

Con la maiuscola, quasi, nella loro assolutezza. Il Bene. Il Male.

E in mezzo io, che mi chiamavo un giornalista impegnato, di quelli che spostano l'attenzione e cambiano le cose, che incidono nel sociale, che orientano nell'opinione pubblica. Di quelli che – a piccole dosi – possono migliorare la realtà che ci circonda.

Sarà vero, poi? E oggi, soprattutto, ha ancora un senso pensarlo?

Non lo so più e, infatti, lo dico a me stesso già da qualche anno. Solo che quando mi fisso a pensare a queste cose mi vengono le vertigini e preferisco cambiare registro. Non sono fatto per fare il filosofo, mi dico, forse sono solo un cane da tartufi. Così ritorno in me e mi metto a inseguire la notizia di giornata. È più facile, è più comodo. E lo so fare.

Poi però la domanda ritorna, implacabile, come una goccia cinese, un mal di denti, un amore sbagliato. Ritorna sempre, altroché... Eccome, se torna.

Quante ne avrò viste di indagini, in una vita di vicoli e scarpe consumate, di inchiostro prima e poi pixel del computer che la mattina dopo sulla pagina, comunque, diventano inchiostro anche loro? Quanti saranno quelli finiti in prima pagina per colpa (o per bravura) mia? Non li ho mai contati, in effetti, ma poi non sono mica sicuro, di volerlo fare.

Le inchieste sono solo lame di luce, l'illusione per un attimo di vederci chiaro su politica sporca e affari loschi, omicidi e camorra, anzi: gomorra.

È così che si dice, adesso: Gomorra. Una volta l'ho sentita chiamare in quel modo persino da Federico Cafiero De Raho, sì proprio lui. Un magistrato esperto, rigoroso, una vita spesa per la giustizia; eppure gli ho sentito chiamare il mostro con lo stesso nome che usano i ragazzini, quelli che sanno a memoria le battute della fiction, quelli divisi tra il tifo per *Genny* e quello per *Ciruzzo*.

Può essere un segno dei tempi, se anche i magistrati devono aggiornarsi; senza perdere un briciolo della loro serietà, è ovvio, nemmeno un solo grammo d'integrità. Occorre però conoscere il proprio avversario, questo lo sanno: e il nemico non sono solo le mafie, ma pure i loro fiancheggiatori e quelli che senza entrarci direttamente, pur senza avere le mani sporche contribuiscono a propria volta al bailamme.

Da giornalista, non ho mai amato l'espressione "circo mediatico": già, è così che chiamano oggi la Libera Stampa. E noi che ci stiamo dentro, allora, che lo mandiamo avanti, chi siamo? I domatori, i pagliacci, la donna cannone?

Magari sto esagerando, ma il fatto è che a volte mi sento una pedina, lo confesso: se non un clown che recita a soggetto, comunque una marionetta che alla fine fa nulla più del suo compitino: anche meglio degli altri, certo, ma quello è orgoglio, o magari superbia chissà.

Faccio quello che si deve per far sì che le cose stiano sempre al loro posto, identiche, al di là e al di sopra del rumore che scateniamo con la grancassa, con migliaia di articoli su milioni di giornali, con notizie sempre apparentemente nuove, solo che è sempre uguale il copione.

Bisogna che tutto cambi, perché tutto resti com'era chi lo diceva più? Burt Lancaster sì, era lui, insomma il principe di Salina nel Gattopardo. Tomasi di Lampedusa, già, che poi mica ci stava a Lampedusa, stava a Palermo lui, e già ai tempi suoi c'era la mafia, come oggi.

Bisogna che tutto cambi, e allora le inchieste, gli scoop, i polveroni e la mafia diventa Capitale: poi mica succede nulla però. Solo, dopo un po' si mette tutto da una parte, in archivio, e via un altro giro, un altro regalo. Sì, perché la gente oggi sta sempre con il telecomando in mano, e si stufa presto. Se vogliamo che tutto cambi ci vuole una storia nuova, nuove inchieste, e tutti a guardare dal buco della serratura, e così intorno può rimanere tutto com'era.

C'è una cosa però che non ho capito, che non riesco a cogliere. È come una specie di ronzio, quasi una scarica elettrica ma mica come prendere la scossa no, più come quando ti levi la maglia della salute. Quella scarica io l'ho presa da uno sguardo, già proprio così. E – no – non sto parlando di una femme fatale, di uno sguardo di quelli carichi di sottintesi, che fanno venire i brividi.

È che, vedete, a volte gli occhi raccontano più di una lezione universitaria condotta da un grande oratore, o di una conferenza stampa di quelle che tutti trattengono il fiato, e l'unico suono che si sente è lo scattare dei flash. La scossa di cui parlo me l'ha data uno sguardo, lo sguardo di un PM.

Un magistrato sulla quarantina, lo conosco da tempo, anzi no: credevo di conoscerlo.

Mi sbagliavo, però: prova a guardarlo negli occhi, il PM d'assalto, quello dell'ultima retata, quello a cui ho dedicato un ampio servizio che partiva addirittura in prima pagina. Ha la mia età, e siamo delle stesse parti, chilometro più chilometro meno. E mi è venuto da chiedermi come ci si potesse sentire a stare dall'altra parte, a essere non chi scrive la storia, ma esserlo tu, la storia stessa. In quel servizio il PM aveva tanto di foto su tutto il paginone interno, come un calciatore famoso: in posa plastica, con la toga e il sorriso smagliante di circostanza. L'ho visto contento quella volta. Eppure...

Eppure c'era di più, come se quel sorriso smagliante, la posa statuaria fossero solo per i giornali. La maschera adatta a quella circostanza e dietro la maschera, dietro a parole di encomio – quelle sì, sincere – per la squadra, dietro a quella convenienza ci fosse un sottinteso, un messaggio cifrato.

Io l'ho chiamata scossa, altri potrebbero dire fosse ironia, persino sarcasmo: disilluso, disincantato, persino dispettoso, buttato lì come a guastare la festa che si stava celebrando.

Non ci ho dormito, cercando di afferrare che ci fosse sotto, tra le righe. Forse – mi sono detto – anche lui vacilla nelle sue certezze; magari anche lui cerca qualcosa di diverso da un avviso di garanzia, da una richiesta di rinvio a giudizio o da un blitz regolato come un meccanismo a orologeria.

Qualcosa dentro di me è cambiato da quel giorno, da quella scossa… è un dato di fatto, e c'è poco da dire, è così… Non so se sia una buona notizia, ma in ogni caso c'è poco da stare allegri.

Già, perché quell'occhiata è stata come un secchio d'acqua gelida. Lo sguardo era suo, del PM, ma gli occhi si sono aperti a me, quanto basta almeno a scrollarmi di dosso molte delle convinzioni su cui ho fatto affidamento in questi anni; quanto basta, se non altro, a pretendere qualcosa di diverso dalla routine quotidiana. Un tran-tran fatto della notizia di apertura di pagina, dello scoop a buon mercato buono solo per riempire il giornale che poi, come si dice, il giornale di oggi serve a incartare il pesce di domani, no? Chiasso, più che notizie, brusìo, rumori di sottofondo. Ottimi per fare un po' di bordello sul web, come no, ma solo fino a che non esce la chiacchiera successiva, mia o di qualcun altro. È come svuotare il mare con un mestolo, come un gatto che s'insegue la coda. Alla fine di tutto, però, cosa rimane?

Così mi sono detto: ho qualche giorno di ferie, e ho bisogno di prendere dell'aria fresca, di cambiare panorama e magari anche prospettiva, chissà. Proverò a viaggiare un po', tanto per capire cosa è accaduto in questi anni in altri contesti e scenari, in altre città.

Voglio toccare con mano le differenze, voglio vedere i cambiamenti con i miei occhi. È diverso, sapete, dall'osservarli su un monitor, dal leggerne il resoconto sulla pagina stampata... da giornalista, lo so meglio di chiunque altro. È tempo di farsi un giro, è il momento giusto: magari vado a visitare distretti giudiziari differenti, tanto per restare sul pezzo.

Sì, va bene, ma dove si va? Se lo chiedo al primo che passa mi risponderà Sud, è lì che stanno le mafie, la 'ndrangheta, la Sacra Corona Unita. Al Sud.

Siamo sicuri? È davvero questa la risposta giusta, al Sud, anzi: al Sud in Italia? E poi quale, quale Sud? Forse dovrei uscire dall'ovvio, scavalcare i confini del sentire comune. Puntare il naso altrove, come un buon cane da caccia, e andare ancora più a Sud o magari al Nord, invece; perché, sì, anche il Nord può essere profondo, buio, oscuro. Potrei provare a capovolgere il mio punto di vista, a invertire il senso di marcia, che è poi il giusto senso da dare alle cose. Quello che ogni singolo cittadino, ogni comunità, e pure la comunità per eccellenza, quella che ci riunisce tutti – sì, insomma, lo Stato – dovrebbero cercare ogni giorno, specialmente nella lotta al crimine.

Quarant'anni di antimafia in Italia, io da venti in campo come giornalista. Ma ci sarà mai, una fine?

Qualcuno ha interesse a fermare la giostra?

QUEGLI ANNI

Quando decisi di fare il cronista di giudiziaria, avevo vent'anni, un ragazzino: a spingermi dentro la redazione di un giornale, a sostenere la mia gavetta furono le immagini della strage di Capaci, di quella di via D'Amelio. A vent'anni si è idealisti come poi non ci accadrà più, a vent'anni ci si sente dei leoni… e forse lo si è davvero, in qualche modo.

Mi fu impossibile restare inerte dopo le bombe, no, volevo fare qualcosa contro tutto quel male gratuito inferto a persone semplici, a uomini e donne che non chiedevano nient'altro che servire lo Stato; un mestiere come un altro dopotutto, di alti e bassi, di giorni belli o brutti. Come migliaia di persone comuni, rimasi letteralmente folgorato dalle scene che rimbalzavano da Palermo, da quei crateri aperti in mezzo alle case, come se si fosse scoperchiato l'Inferno. Da quelle immagini, e dalla guerra di camorra che proprio allora si stava consumando intorno a me, a Napoli: una delle tante faide, non diversa da tutte quelle andate in scena prima, e da quelle che sarebbero venute dopo.

A vent'anni ci si sente onnipotenti, però, e a stare solo a guardare non ci si riesce proprio: fu così che iniziai a muovere i primi passi in una redazione, anche solo per esserci, per poter gridare al mondo chi ero, per svolgere un ruolo da protagonista. Avevo solo certezze, allora, a vent'anni succede.

All'inizio scrivevo brevi di cronaca bianca: mi piaceva pensare a quanta vita scorresse dietro quelle poche righe che a tarda sera, a poche ore dalla stampa, sistemavo in un colonnino di notizie: un ascensore rotto, un mezzo pubblico che devia il percorso, l'arresto di un borseggiatore.

Poi vennero le brevi di cronaca, le brevi di nera, il taccuino: i primi passi di uno che voleva solo imparare a fare il giornalista che può essere un mestiere come un altro, anche quello, se rimane circoscritto alla cronaca spicciola di ogni giorno, alle piccole storie con la s minuscola.

Quelli erano gli anni Novanta, però, quelli in cui gli uomini dei clan si scannavano gli uni con gli altri alla porta accanto, in cui sembrava che a Napoli ci fosse la guerra civile. Io guardavo a questa e quell'altra faida, osservavo, fiutavo la traccia… e aspettavo.

Aspettavo il mio momento, il grande fatto, la Storia con la maiuscola, quella da prima pagina, da locandina, quella per cui sarebbero tornati in strada gli strilloni magari. La storia, anzi "LA" storia dove se sapevo aspettare, e tenere aperti gli occhi e le orecchie – se avevo magari un pizzico di fortuna – prima o poi sarei stato catapultato.

Erano gli anni Novanta, quelli, e io avevo vent'anni, avevo il fuoco dentro; avevo le idee chiare, anche, sapevo distinguere il bene dal male. A vent'anni si vive di assoluti, e si pensa di sapere tutto. A quaranta, invece...

Oggi i miei compagni di cammino sono dubbi, incertezze, tarli che rodono e scavano nel profondo, senza sosta, mai, senza una pausa. Guai a cedere, però, chi si ferma è perduto. Si dice così, no? E allora ecco che torna quell'idea, ecco che di nuovo penso che dovrei rimettermi in moto. Viaggiare un po', cambiare visuale, mettere la testa – di nuovo – fuori dal guscio.

Me lo hanno detto in tanti, la geografia non c'entra: se vuoi capire il sistema devi essere disposto a cambiare prospettiva, a superare i luoghi comuni, insomma devi cambiare senso di marcia.

Puntare magari al Nord, a Milano, la locomotiva italiana: è lì che arrivano i soldi, lì che nei cantieri, nelle discariche, nelle banche, nelle industrie, si lava il sangue dei morti ammazzati al Sud. E allora?

E allora sì, dovrei risalire in sella, e uscire dalle mura di questa città che sarà anche un milione di cristiani, ma alla fine la gente che frequenti, persino la gente che incontri è sempre la stessa, e succede che la metropoli si rimpicciolisce settimana dopo settimana finché non diventa rione, e poi zona e casa, e alla fine un rifugio, una tana, un nascondiglio.

Un posto dove si può far finta che succedono un sacco di cose e scriverne, anche, come se poi davvero servisse a cambiare qualcosa. La verità è che le domande sono sempre le stesse, identiche le risposte e tu pensi siano sempre le risposte giuste, anche se più o meno di comodo, a giorni alterni.

Che poi, non è importante neppure dove si va ma come, perché. Potrei persino restare qui, a patto di mettere da parte per un po' di tempo l'assillo della notizia, dello scoop, del titolo a caratteri cubitali. Prendermi il tempo di andare fino in fondo, di cercare una storia vera, diversa, non la millesima versione della stessa minestra.

Magari è quello che mi frega, l'urgenza, l'ansia, il morso dell'attualità, del qui e subito prima che la notizia arrivi al web e da lì in due click a tutto il pianeta. Tornare ad aspettare la notizia, invece di essere io a cercarla, tornare a costruire un racconto con calma, come un monaco, come se stessi facendo fermentare un buon vino. Guardare la città da una prospettiva diversa, ascoltarla, respirarla… o invece metterla da parte, per un po', mettersi in cammino, viaggiare. O tutte e due le cose, magari. *Adelante, Pedro, con juicio* come nei Promessi Sposi. Avanti, sì, ma con calma.

Voglio, anzi no: *devo* prendermi il tempo di alzare la testa dalle carte, spostare lo sguardo dalla telecamera, guardare negli occhi donne e uomini, capire cosa c'è di vero e cosa no, e di cosa è fatta la lotta alla mafia. Non quella dei rotocalchi – i magazine, come si dice oggi – ma quella sulla strada, in botteghe e fabbriche, nel quotidiano.

Voglio guardarla da vicino, la *lottallamafia*, e capire come sta andando, e dove, e chi vince, e se finirà mai. Sfilare i panni da impiegato delle notizie, anche solo per un po'; magari solo il tempo di incrociare ancora una volta quello sguardo, quello di chi non ci sta a fare la parte dell'eroe.

NAPOLI, C.D.

Una Yamaha XT 600 degli anni Ottanta, l'avete presente? Bruuum…

Per chi ha la mia età e a suo tempo ce l'aveva, quella motocicletta era un intero universo, una sigla che si traduceva vento in faccia, una ragazza – se quella non c'era, un amico – con te sulla sella, un giubbino semiaperto e un fazzoletto al collo. A vederlo da fuori sembrava nulla, a starci sopra era la conquista del proprio spazio sulla terra.

Per chi ha la mia età – ma sì, diciamolo pure: sono quaranta e passa – e invece non l'ha mai posseduta, perché all'epoca non avevi *una sfaccimm'* di lira neppure per comprarti il giubbino semiaperto e a malapena arrivavi al fazzoletto al collo, la Yamaha XT 600 può significare qualcosa adesso: che puoi ancora sentire i brividi, che puoi sentirti vivo, come a vent'anni. Perché, in fondo, puoi sempre accendere il motore e ripartire.

Ripartire, già. È la cosa giusta da fare.

Tanto, qui a Napoli la situazione langue, e mica da oggi. Di cose grosse all'orizzonte non ne vedo, e allora tanto vale investire un po' di risparmi, rompere il salvadanaio. Adesso a un buon usato ci arrivo, e magari avanza pure qualcosina per il giubbino. Da tenere chiuso, però, che non ho mica più vent'anni. In moto, ma sì, e andiamo a farci un giro.

Andiamo a vedere come funzionano le cose.

Solo che, come succede sempre, non hai neppure ancora iniziato a organizzare il percorso, neppure hai fatto in tempo a fare il borsone ancora, e già ti arrivano cento messaggi, mail, telefonate. Ma che, l'hanno detto al TG che ho comprato una moto? È come se il mondo intero – il tuo mondo, il rifugio – si accorgesse del fatto che hai deciso di rompere con la routine e di provare a cambiare prospettiva, e magari qualche vecchia abitudine.

Mi torna in mente quell'immagine di Napoli cesellata tanti anni fa da un mio professore, all'Università: un luogo dove tutto è immobile – così la descriveva – ma nel quale, se qualcuno decide di muoversi e di fare qualcosa, tutti gli altri soggetti si mettono anch'essi in movimento. E non per fare qualcosa, sia chiaro, ma per impedire che il primo possa fare realmente ciò che aveva in testa. Allora è questo, che sta succedendo? È davvero così?

Per esempio, chi è mo' questo tizio saltato fuori da chissà dove – mai sentito nominare prima – che ha appena chiamato? Si è presentato a nome di un caro amico del mio medico di fiducia e, no, non mi voleva disturbare, sa che sono molto impegnato, ma si chiedeva se non avessi magari pochi minuti da dedicargli, se non avessi giusto il tempo di fare un salto al suo ufficio.

E andiamoci, da questo tizio così complimentoso, con tutti quei verbi usati nel modo giusto e quella voce che sembra uscita da una favola di Esopo, tipo la volpe che parla all'uva, o alla cicogna non ricordo. Troppi salamelecchi perché non ci sia sotto qualcosa, ma in fondo da qui al suo ufficio sono venti minuti e posso correre il rischio. L'autostrada non scappa, e quanto a Napoli, ora come ora, lì sono in un vicolo cieco.

C'è questa inchiesta che sto portando avanti, una faccenda che negli ultimi mesi mi ha letteralmente tolto il sonno. Un autentico incubo, un parassita che succhia ogni mia energia: a pensarci bene è sorprendente che non ve ne abbia ancora parlato, specie considerato che occupa all'incirca ogni mio pensiero.

È parte del problema, se vogliamo dircela tutta, l'altra faccia della mia insofferenza; un altro buon motivo, se non addirittura il primo della lista, per cambiare aria per un po'. Perché, vedete, qui a Napoli non è solo camorra, non solo guardie e ladri, non solo mafia e antimafia.

La realtà è più complessa, qui, e i fatti sono sempre meno lineari di quello che sembrano. È su queste basi che da qualche mese ho iniziato un'inchiesta tutta mia; la tengo per me, quasi che a parlarne in giro appassisse, come un fiore raro che abbia preso troppo sole diretto.

In realtà, a pensarci bene, sarà per questo che non ve ne ho parlato. Ormai ci siete dentro, però, quindi tanto vale…

Però al mio capo al giornale mica glielo ho detto. Un po' per quella regola non scritta del giornalismo d'inchiesta, mai accennare a un fatto se poi non riesco a portare a casa un titolo degno di questo nome; in parte però anche perché questa inchiesta è *'na criatura*, ancora, è delicata, incerta… come se bastasse un soffio di vento appena un po' più forte per portarsela via.

Così sono sempre in allarme, come un genitore apprensivo: e per il momento navigo sotto il pelo dell'acqua, cercando di non scoprire troppo le carte, di raccogliere informazioni senza dare nell'occhio.

Sto indagando su un paio di ospedali cittadini, e sulle liste di attesa per i malati di tumore. Un caso tutto napoletano e, purtroppo, non proprio nuovo: è una vergogna che hanno subito in tanti, da queste parti. Ho una traccia che pare buona, la sto battendo grazie a una fonte affidabile o, almeno, spero lo sia; ne ha tutta l'aria, comunque.

Mi ha spiegato in che modo le liste siano gonfiate a dismisura, fino a diventare interminabili, fino ad azzerare la speranza di chi aspetta l'intervento chirurgico. Tanto che alla fine in tanti – chi non si rassegna ad aspettare mesi per salvarsi la vita, chi ha paura che la situazione possa degenerare, chi vuole tornare a una sembianza di normalità – deve cedere, e rivolgersi altrove.

Se chiedi alle fonti ufficiali ti diranno che sì, che capiscono, che è un problema grosso: con l'aria seria ti diranno che non è mica colpa loro, che sono vittime loro per primi. Il regime di *spending review* che si è abbattuto da qualche anno su tutti gli enti locali – ti diranno – ha inferto colpi durissimi alla spesa sanitaria, mettendo i primari in condizione... no, anzi: nell'obbligo di ridurre i giorni per gli interventi, di comprimere, di incastrare. Impossibile pagare lo straordinario a infermieri, anestesisti e tutto il resto del personale, ti diranno, e come si fa? Ora, io non voglio mica dire che queste siano frescacce, c'è del vero sicuramente.

C'è anche dell'altro, però, ed è qualcosa che conviene un po' a tutti. Be', a tutti tranne i pazienti. C'è la possibilità di farsi operare dal medico che ti tiene in cura in un ospedale pubblico, però altrove e in via privata. Non sono più gli anni Novanta, non c'è solo bianco e nero, giusto e sbagliato, vittime e carnefici… pubblico e privato. Nel nuovo millennio accade che l'ospedale pubblico in cui ti rechi ti assegni a un medico, pure pubblico. E che poi però, se vuoi guarire a quello stesso medico, privatamente, devi rivolgerti quando sta in un ospedale privato, una clinica. Non è pubblico, non è privato, non è bianco, né nero. Se vuoi campare devi imparare a scendere a patti con il grigio.

È una sorta di intramoenia che intramoenia poi non è; una pietra filosofale, se mai, una mala sanità il cui ministro è Re Mida e che trasforma in oro quelle liste di persone comuni che aspettano – che sperano – di essere operate per sopravvivere a un tumore. La chiamano economia di emergenza, sì come no: io lo chiamo lucrare sulla sofferenza, e le disgrazie altrui. Altro che economia.

Che poi, mica finisce qui la pista. Perché insomma un tumore sì capita, magari anche due, o cento. Migliaia, però, no. Se i tumori sono migliaia, se beccano i bambini già a pochi anni di età con incidenze altissime fuori da ogni statistica e da ogni logica allora no, c'è qualcosa che non quadra.

La chiamano Terra dei Fuochi, bella etichetta, molto giornalistica. Con economia di emergenza fa un figurone, messe vicine: dio le fa e poi le accoppia. Se vivi da queste parti, l'emergenza e i fuochi sono all'ordine del giorno. Ci convivi, e non solo purtroppo.

Basta prendere gli atti di una delle inchieste, quelle grosse, quelle dei pool anti-camorra. I magistrati scavano, ma prima di loro hanno scavato altri e per un bel pezzo. Ci sono pentiti che sono come ragionieri, colletti bianchi che con precisione impiegatizia sanno snocciolare tonnellate di spazzatura intombate nelle nostre terre, ettaro per ettaro, quintale per quintale.

Scorie radioattive, e liquami, e chissà cos'altro ancora interrato sotto ai nostri piedi, sotto alle nostre case, sotto ai nostri pomodori e friarielli.

Roba che ti viene da vomitare solo a pensarci e ti chiedi come sia possibile che la gente non scappi, letteralmente, senza neppure fare i bagagli, come se scappasse dal terremoto, dalla pestilenza, dalla morte stessa col cappuccio e la falce.

Tonnellate e tonnellate di merda sotto a ogni albero, e da lì nell'aria che respiriamo, nel cibo e nell'acqua nell'organismo. E dall'organismo in un file di computer dove sono messi in fila i nomi delle persone che attendono il proprio turno – di qui a cinque mesi, a otto a dieci – per mettersi sotto i ferri e toglier via il tumore, il cancro. Come se bastasse quello, il bisturi, come se la Terra dei Fuochi non fosse la fabbrica, dei tumori. Come se non fosse, la Terra dei Fuochi, la peggiore forma di cancro.

Ne riparleremo, magari. O forse no perché, ve l'ho detto, di questa inchiesta sono geloso. È solida ma anche fragile, e basta un soffio di vento dalla parte sbagliata per farla volare via. Intanto, è tempo di muoversi. Non so se questa moto sia ferma dagli anni Ottanta ma io proprio così mi sento: come se mi fossi appena svegliato da un torpore, e adesso non posso più aspettare, voglio mettermi in strada, subito, adesso. Devo solo prima levarmi dalle scatole quel tizio, l'amico del giaguaro, quello che vorrebbe solo un po' del mio tempo, solo la cortesia di una visita.

A sentire lui pare che non solo sia amico fraterno del mio medico, ma addirittura adesso conosce anche me. Mi conosce da tempo, figurarsi, sarò rincoglionito io visto che non ho la più pallida idea di chi sia. È tanto tempo che aspetta di incontrarmi, dice, non sta nella pelle. Vuole coinvolgermi in un suo progetto, che sembra fatto apposta per me, ed è meglio che lo incontri, che mi levi il dente.

Voglio liberarmi di questa seccatura e andare a casa a preparare il borsone e poi, se insiste ancora un po', capace che me lo trovo al citofono con un mazzo di rose e una scatola di cioccolatini. Intanto, comunque, ho preso qualche informazione su di lui.

È un imprenditore farmaceutico, uno di quelli che si è arricchito con i soldi pubblici, a proposito di medicina salvavita. All'amico del mio medico (ve la faccio breve, ma credo che la catena di contatti e di relazioni transitive sia ancora più ingarbugliata: com'era quella cosa dei sei gradi di separazione?) dice che legge tutti i miei articoli, anzi no, che ha fatto l'abbonamento al giornale solo per non perdersi neppure una parola delle storie che metto sulla pagina. E mica basta: negli ultimi mesi – udite, udite – ha anche raddoppiato l'acquisto di spazi pubblicitari sul mio giornale.

Per la sua azienda, dice, uscire su una testata che batte la cronaca come facciamo noi, che macina inchieste e notizie anche grazie al mio eccellente lavoro, è un privilegio, un onore innanzi al quale gli oneri pubblicitari sono da intendersi come un modesto contributo alla diffusione della Verità. Come no.

Conviene incontrarlo, comunque, e non solo per farlo smettere di telefonare, messaggiare, mandare mail. Nel suo campo questo è uno che conta, un pezzo da novanta, e può essere che mi dia la dritta giusta – magari apposta magari per caso, devo essere bravo io – e allora si riparte con la mia bambina, la mia inchiesta. Il viaggio da fricchettone lo posso pure rimandare, basta che la Yamaha non se la mangi la ruggine, in fondo Palmi, Reggio Calabria, Gela mica se le porta via nessuno.

Poter dare un po' di sangue nuovo alla mia inchiesta, uscire da questo binario morto sarebbe un bel colpo: via alla malinconia, via a tutti i dubbi che mi hanno assalito in questo periodo. E magari mi entra pure una cosa di soldi in tasca, dal grande progetto che il grande imprenditore ha costruito su misura per me, e insomma non sarebbe mica una brutta cosa! Alla fine, ho quasi più voglia io di incontrarlo, mo', è come se sentissi profumo di belle notizie…

È un luogo strano, il Centro Direzionale di Napoli, anzi un non-luogo. Torri e grattacieli a perdita d'occhio, centinaia di ascensori, migliaia di macchinette per l'espresso, di quelle che te le porta a casa George Clooney. Se lo guardi dalle colline sembra fatto con il Meccano, un origami di cristallo e acciaio e non a caso l'ha progettato un giapponese, questo posto, negli anni Novanta. Se ci passi in mezzo, invece, è un susseguirsi di contrasti: africani che giocano a calcio tra le fontane e capannelli di skater che fischiano al passaggio di ogni culo palestrato in tailleur che sfreccia sui tacchi a spillo verso un meeting, o una conference call.

C'è la sede dell'Università *Parthenope*, quaggiù, e sale congressi, hotel chic, spa, boutique... ma anche Poggioreale a un tiro di sasso, un garage sotterraneo che sembra fatto apposta per un agguato e poi qui sotto scorreva pure il Sebeto, il fiume sacro di Napoli antica. Magari c'erano pure gli alligatori, oggi non se ne vedono più; un sacco di squali, in compenso, con le cifre sulla camicia di sartoria, il risvoltino ai calzoni, la pochette in tinta con la cravatta. Sembra di stare a

Manhattan, qui, ma lì c'è il Vomero, là il Vesuvio. È Napoli, non si sbaglia.

Una torre qualsiasi, un'erezione di finestre a specchio e metallo cromato; il numero dell'Isola me lo sono già dimenticato ma che importa, non sono neppure messe in ordine. Per un attimo ho pensato di farlo venire in redazione, il presidente del mio fan-club, o forse dovrei chiamarlo il mio stalker.

Pensavo che avrei preferito giocare in casa, mio il campo mie le regole, ma in realtà conviene che mi infili io nella sua tana luccicante. Sarà a suo agio, e se me la gioco bene potrebbe rilassarsi troppo, e cantarsela; devo stare con occhi e orecchie spalancate, ogni cosa che può dire potrebbe essere la svolta, per la mia inchiesta. E poi, se lo vedono al giornale qualcuno potrebbe farsi delle domande o potrebbe essere lui, a farne troppe. Meglio in trasferta, sì, e vediamo se porto a casa un "2".

Mi ha detto che ha lo studio di rappresentanza da queste parti, giusto tra le torri del Centro Direzionale, e a pochi metri da quel Palazzo di Giustizia che da qualche anno è il mio punto di riferimento obbligato. È qui che vado a caccia di notizie tutti i giorni, qui che incontro le fonti e ancora qui che batto la fiacca – dandomi un'aria estremamente impegnata, s'intende – quando non mi va di fare un cazzo. Insomma, siamo sempre all'interno di quella *comfort zone* di cui vi dicevo prima, quel circolo chiuso dove lavoro, vedo gente, spesso mangio pure. Con la redazione e casa, il mio territorio, il mio porto, il rifugio.

Dovrei essere a mille miglia da qui, in moto sulla Salerno-Reggio Calabria con un fazzoletto al collo e il giubbino aperto, magari solo un po' dai, e invece ora come ora l'idea di una faticaccia del genere non è che mi attiri più di tanto, veramente, magari non è più il tempo di armiamoci e partiamo, non vorrei che qualcuno mi scambiasse per Don Chisciotte, vedendomi a caccia di mulini a vento su un *destriero* vintage che ha la mia età, non proprio di primo pelo insomma. Di colpo, quella del reporter on the road mi pare una cazzata immane, ma chi me la fa fare, si sta tanto bene qui, in questa downtown che è un po' il mio pianerottolo di casa. Metti che andandomene a zonzo per la Calabria o la Sicilia perdo l'occasione buona e qualcuno mi fotte l'inchiesta da sotto il naso, metti che magari il pezzo mancante del puzzle sta proprio qui, in mezzo a tutto questo vetro e questo parquet, oltre questa porta che è troppo di design e troppo lucida. Manco San Pietro ce l'ha, una porta così.

Be' ormai venuto ci sono venuto, tanto vale incontrare il signor pezzo grosso, qui, e sentire cos'ha poi di tanto entusiasmante da propormi. Mi faccio una bella chiacchierata, mi prendo un caffè con un cazzo di nome assurdo, *Arpeggio* o *Volluto* o chenneso, e poi me ne torno a casa. Quell'altra, di casa, quella dove dormo e vado in gabinetto. A riprendere l'idea del mio viaggio si fa sempre in tempo, a organizzare la transumanza nel paese che non ti aspetti, con la Yamaha XT, il fazzoletto al collo, lo sguardo perso nel vuoto.

Ultimo piano, figurarsi, com'è che diceva Richard Gere? *Soffro di vertigini ma sto sempre all'ultimo piano, perché è il meglio*. Però quassù ha un intero attico a disposizione, il tale, mi sa che il vero milionario è lui.

Mi è tornata in mente una cosa che avevo quasi rimosso, e adesso brucia come se mi avessero stampato le cinque dita. È una percezione strana, non riesco bene a focalizzarla, ma so che quando mi ha chiamato l'altro giorno per fissare un appuntamento ho avuto uno strano presentimento, anche se non ho capito cosa l'abbia suscitato. La conversazione telefonica è stata breve davvero, roba di minuti, il tono era affabile, misurato, la sintassi ineccepibile. Ecco un tipo rispettabile, avrebbe detto mia madre. Telefonata lampo, comunque, ma incredibilmente persistente la sensazione che mi ha lasciato addosso. Come di asettico, freddo, come di metallico; di quei qualcosa che non riesci a mettere a fuoco ma che ti danno fastidio in modo immediato. La voce di questo tizio assomiglia alla sua porta, e non è un bene.

Qualcosa mi aveva già colto mentre mi avvicinavo a questa dannata torre, a dire il vero, quel brivido che ti viene se passeggi di notte in un vicolo; e poi di nuovo nell'atrio, mentre aspettavo l'ascensore. Pensavo che a darmi fastidio fosse tutto quello sfarzo pacchiano, i citofoni dorati, il portiere che pare un colonnello, i ficus, lo stuoino king-size con il logo intarsiato. Ho fatto i miei venti piani meditabondo, ma senza un motivo particolare. L'ho capito dopo, davanti a quella porta, che mi ha fatto tornare in mente la voce al telefono.

Eppure, sono anni che incontro topi di fogna di tutti i tipi, la feccia al suo peggio: mai avuto paura di stringere le mani a killer e camorristi, tangentisti, pentiti, farabutti con o senza colletti bianchi, che sono i peggiori. Colletti e polsini bianchi su una camicia a righine, gli immancabili gemelli, le iniziali ricamate. Come Michael Douglas in *Wall Street*, l'archetipo di tutti gli squali dei piani alti.

Chiunque ci sia al di là di questa porta – che mi sognerò stanotte, già lo so – ebbene non potrà essere peggio dei delinquenti che ho incontrato in vent'anni di cronaca nera.

E poi magari mi sto fissando, sì forse sono solo nervoso perché non riesco a decidermi su quel viaggio… andare, restare, chissà cosa è meglio. In fondo questa è solo una visita di cortesia, proprio perché me l'ha chiesta il mio amico medico, che tanto lo sa che nei miei pezzi non faccio sconti a nessuno, mai.

Mi hanno telefonato, ho ricevuto un invito e da persona educata l'ho accettato. Tutto qui. Non sono mica la Regina d'Inghilterra, che se mi invitano posso degnarmi di non accettare.

Eppure… eppure qualcosa di strano è accaduto dopo quella telefonata. È come se quando si è presentato mi fosse suonato un campanello, tanto che appena chiusa la conversazione d'istinto mi sono precipitato a controllare il mio archivio. Nulla, però: a quanto ne so, il suo nome è pulito. Eppure…

Eppure qualcosa dev'esserci, se non nel nome magari era il timbro della voce o le parole che ha utilizzato, tutte ben scelte, e quella gentilezza affettata, ai limiti dell'ossequiosità, che è ben diverso dalla stima o dal rispetto. È tutto troppo asettico – la sua voce, il suo curriculum e pure la sua porta – troppo lindo e pinto perché non ci sia dietro qualcosa che puzza.

Mi ha messo in allarme, ecco, anche se ancora non so da chi o cosa devo difendermi, ma di solito il mio istinto funziona, e anche piuttosto bene. Del resto non ci sarei arrivato, a quarant'anni, se il mio sesto senso non funzionasse (quasi) alla perfezione.

Quadri che hanno l'aria di costare, ma non chiedetemi chi li abbia dipinti, il solito sfoggio di targhe commemorative, onorificenze, trofei, vasi di Capodimonte, e non poteva mancare il calendario dell'Arma, figurarsi: in anticamera tutto regolare, allora, tutto secondo le attese. Manca magari un acquario a parete o un tappeto *Bukhara* ma, chissà, forse stonava con il parquet di noce; in compenso, però, ci sono foto del padrone di casa con tutti quelli che contano in questa regione e pure più su, nella capitale e oltre.

E questa? Carina per davvero, anzi carina no: è bona, se diciamo le cose come stanno. Sarà la sua amante; poco ma sicuro, anche se lei si è appena qualificata come collega e socia. Mi stringe la mano, insomma stringe si fa per dire, ma sta palesemente pensando a tutt'altro, a meno che quell'aria svagata non sia una posa alla Marilyn Monroe, conosco parecchie che ci marciano, sul fingersi svampite. Dice che ci sarà solo qualche minuto da attendere e che, a proposito, lei è avvocato, cura lei tutti gli aspetti legali in azienda. E di nuovo, nel modo in cui dice azienda sento quell'aria che è per metà di un finto naif e per l'altra metà snob, come se entrassi al *Four Seasons* e sentissi il Direttore definirlo un "tetto sulla testa". Insomma, questo è un colosso del farmaceutico, gente che fattura con sei zeri e che quando dice ufficio di rappresentanza intende un fottuto mezzo grattacielo al CDN!

Sto giusto pensando che vorrei sbirciare cosa tengano nel frigobar – se del caviale Beluga o un cadavere – ma è troppo tardi, il pezzo da novanta si è liberato da qualsiasi cosa lo tenesse impegnato – borsa, affari, brevetti, magari comprarsi il castello di Brad Pitt in Francia, visto che con il divorzio non ha più marmocchi da portare in gita – e mi compare davanti, annunciato da un sentore di profumo costoso: ci vorrebbe la mia ex-moglie, lo individuerebbe subito, ma in fondo anche no, ci manca solo lei, qui, in questo momento.

Comunque il tizio non ha poi molto di Brad Pitt, anche se magari si comprerà il suo castello. È se mai un Clooney più tozzo, e con molto meno charme. Lo studio mentre lui mi guarda come un compagno di scuola che non veda da anni, e dopo mezzo minuto l'ho già inquadrato anche se, in realtà, un'idea abbastanza azzeccata me l'ero già fatta al telefono, solo a sentirlo parlare.

È impostato, quasi artefatto, e ogni elemento del suo aspetto e del suo modo di fare sembra studiato a tavolino; falso, sì, ma non di quel falso grossolano come una moneta da tre euro. Più falso Vuitton, per capirci.

Il piano di marcia invece è in stile Rolex, calibrato alla perfezione; tutto gira secondo il copione classico di questi casi. Prima la corsa in ascensore, tanto lunga che sembra portare direttamente da nostro signore, poi l'atrio sputato fuori dritto da qualche rivista patinata e la breve attesa in reception; abbastanza lunga da accorgersi che si sta aspettando, non abbastanza però da infastidire, spazientire, far venir voglia di alzare i tacchi.

Quindi, in crescendo, la *ciucia* profumata con in tasca il tesserino da avvocato, e infine il padrone del vapore, con le sue scarpe inglesi su misura, il capello brizzolato, l'occhio ceruleo e il sorriso sbiancato.

Camicia bianca di batista appena aperta al collo ma niente cravatta, camicia con gemelli ai polsini (ah! che vi avevo detto?) e le iniziali sul petto come una medaglia al valore, a far capolino dal bavero della giacca in una specie di vedo e non vedo.

È tutto un "caro di qua, caro di là" con quel tono di voce suadente da incantatore di serpenti; butta lì con nonchalance un paio di nomi – conoscenze comuni, pare – dice di condividere la mia passione per il running, addirittura si lancia a citare i miei articoli a memoria. Mi aspetto che da un momento all'altro inizi a chiamarmi "maestro" – o che mi chieda di sposarlo, magari – ma l'unica cosa che non dice brilla per essere la più evidente, e forse l'unica vera che ho sentito uscire dalla sua bocca: anche lui ha preso informazioni da qualcuno, e dopotutto c'era da aspettarselo.

Ha notizie sulla mia vita privata – e ogni tanto le fa scivolare tra un attestato di stima e una battuta tra uomini di mondo – ma il punto non è come se le sia procurate o perché. È che non sono a mio agio, qui, e vorrei passare al prossimo atto dello show. Quello in cui si arriva al nocciolo della questione. In quattro parole, cioè, che ci faccio qui?

Inchieste, mi parla d'inchieste; oh, ti pareva! Subito dopo, c'è tempo per un gustoso siparietto con la sua *commarella*, doveva esserci un motivo se stava ancora qui, con tra le mani una cartellina che a occhio e croce è vuota, e gli occhiali di marca calati ad arte sulla punta del naso. Non mi stupirei che fossero lenti neutre, e ci vedesse benissimo: di sicuro, ha occhio per i buoni posti di lavoro e la gente con i soldi!

Gli fa da spalla mentre lui mi racconta che stavano per querelarmi un paio di anni fa – ah ah, buontemponi – a proposito di un'inchiesta in cui parevo voler coinvolgere una società collegata al loro gruppo. Lo dice come se ricordasse di quella volta che la mia squadra ha asfaltato la sua a calcetto, con quell'understatement del cazzo tipico dei potenti, e mentre prego che non parta con il finto cazzotto sulla mandibola – o qualche altro gesto gratuito di cameratismo – la signorina avvocato lo interrompe per precisare come io da solo, ai tempi, avessi provveduto ad aggiustare il tiro nel prosieguo dell'inchiesta, buon per me. Lo dice con un tono molto professionale, e un broncio che non capisco se voglia essere minaccioso o sexy. È carina comunque, la zoccola, quando fa la voce grossa.

Dopodiché, da principessa del Foro torna preziosa collaboratrice e si alza per fare il caffè. Dice che hanno comprato una macchina nuova che fa un espresso particolare (figurarsi!) e che usano uno zucchero di canna di quelli speciali, una miscela a prova di qualsiasi intolleranza alimentare.

Penso che dovrei averne una anch'io di intolleranza – fa così chic, oggigiorno – e subito dopo al *Brown Sugar* che a Manhattan è lo zucchero di canna, sì, e sta pure per eroina: questo è più un posto da coca, comunque, e non parlo di cosa tengono nel famoso frigobar. Sono quasi sul punto di farle la battuta, ma per un attimo mi incanto a guardarla mentre dondola sui tacchi da un lato all'altro della stanza, il cucchiaino, il vassoio, la macchinetta dell'altro George Clooney – quello slanciato – non sa più cosa inventarsi. Credo che per calamitare la mia attenzione sarebbe capace di mettersi a prepararmi anche pane burro e marmellata, ma in fondo non ne ha bisogno, le sto dando tutta l'attenzione che merita. Tanto per non correre rischi, in ogni caso, lei si gioca la madre di tutti i trucchi: non so cosa diavolo creda di aver visto in terra, fatto sta che si china leeeentamente per prenderlo, dandomi le spalle ovvio.

Ha un gran bel corpo, e su questo non ci piove, ma la mossa è talmente scoperta, così palese che ora mi sforzo di non guardarla, non voglio che pensi che ho abboccato, che mi bevo un copione tanto scontato.

Bevo il caffè praticamente senza farlo passare in bocca – dalla tazzina diretto nella trachea – e credo che se anche fosse stato olio di ricino, o piombo fuso, avrei fatto uguale. È un grave errore, però, perché così facendo le ho dato pretesto per avvicinarsi: e infatti eccola, che ancheggiando si avvicina alla mia poltroncina, prende tazza vuota e piattino avendo cura di sfiorarmi casualmente la mano, mi offre un bicchier d'acqua.

Mentre la versa, qualche goccia decide di lanciarsi a capofitto dalla brocca cromata sul suo piede nudo, il destro, per poi scivolare a terra lambendo il tatuaggio che spunta sotto al cinturino del sandalo...

È un flash, quello del tatuaggio proprio lì, sul piede al confine con la caviglia, che mi ha riportato indietro di una ventina d'anni. Prima la Yamaha XT, ora questo... a furia di via vai mi sento dentro a *Ritorno al Futuro*. Era metà degli anni Novanta quando incontrai mia moglie o, come vi ho già detto, la mia quasi-ex moglie; allora ero un aspirante cronista di bianca (cioè ciò che riempie tutte le pagine di cronaca che non trattano di nera o di politica), e il mio incarico di quel giorno era un servizio sui centri tatuaggi cittadini.

In quegli anni, la moda si stava diffondendo anche a Napoli, e i tatuaggi iniziavano a decorare i corpi non più solo di ex galeotti, marinai o giocatori neozelandesi di rugby; non era nessuna delle tre cose la bella ragazza in cui m'imbattei durante il mio rimbalzare da un *tattoo parlour* all'altro, e che da poco si era fatta disegnare le proprie iniziali vicino alla caviglia destra. Saputo del mio interesse professionale, volle mostrarmi il vezzoso monogramma appena fatto, e chiaramente anche piede e caviglia... non l'avesse mai fatto!

Fu così che cominciò tutto, e anche se non ve l'ho detto finora non posso più negare di essere un uomo sposato, e avere una moglie: insomma, più o meno, il fatto è che ormai da qualche tempo le cose non vanno un granché bene, anzi bene non vanno proprio per niente. Di fatto siamo separati, e il concetto di avere una famiglia ormai è poco più di un eufemismo.

Figli non ne abbiamo, non sono arrivati, ma sarei stato poi in grado di averne? Lei dice che penso solo al lavoro, e che a parte quello l'unica cosa che m'interessa davvero è il mio ego, e che le inchieste che imbastisco, gli scoop cui do la caccia uno dopo l'altro non sono la missione che credo io, se mai un alibi, una fuga, l'ennesimo modo per non affrontare la vita reale.

Io non lo so, se abbia ragione, ma di certo quando ho un'inchiesta tra le mani faccio fatica a dedicarmi ad altro: sono più per il 24/7, per la full immersion.

Mi piace esplorare i fatti a fondo, conoscerli in ogni risvolto, diciamo che prendo le cose seriamente; magari se avessi avuto un figlio avrei fatto anche il padre, seriamente, solo che non so se mi ci vedo tanto, con questa esistenza sempre sul filo, da zingaro, sempre dietro a qualche traccia.

Metti che domani davvero salto sulla moto e faccio quel viaggio, e dove me lo metto, il ragazzino? Mi torna in mente quanto sentii dire una volta a Catello Maresca, un PM di quelli tosti, procuratore alla DDA di Napoli…

Che senso ha imparare a memoria una filastrocca di coccole sonore se poi torni a casa e i tuoi figli già dormono da un pezzo?

Mi riscuoto, mentre io sono dietro al mio ex matrimonio il pezzo grosso sta dicendo qualcosa, mi sa che ci siamo! È il momento clou, quello per cui la gente ha pagato il biglietto, quello con il rullo di tamburi e se fossimo in tv ci sarebbe anche un'interruzione pubblicitaria, prima, che tanto chi è che cambia canale proprio adesso?

Bum! Parte la cannonata, ci siamo. Questo è il momento in cui calare l'asso e naturalmente tocca a lui giocarlo; lei è lì solo per distrarre il pollo, è solo la spalla, la comare. Più che poker, pare il gioco delle tre carte.

Dice che hanno acquistato una tv, una piccola emittente nulla di che, ma vogliono farla crescere. Tra i programmi di punta ci sarà, tu guarda il caso, una trasmissione settimanale di approfondimento giornalistico, un focus sulle principali inchieste in corso sul territorio locale. Naturalmente, mi vorrebbero con loro, e chi meglio di me, eccetera.

Mi vogliono come anchor-man, e naturalmente sanno che qualche anno fa ho firmato un format del genere, *Verità imperfette*, scommetto che lo ricordate. Una trasmissione avanti anni luce sul suo tempo e, sì, dietro c'ero io. Loro lo sanno e sanno – mi hanno studiato, ricordate? – che sono vanitoso, sensibile all'adulazione professionale.

E puntuale, infatti, ecco che parte la tiritera sulla loro inesperienza, lui è solo un imprenditore non già uomo di comunicazione anche se qualche anno fa, in effetti, anche lui... Ma qui non parliamo delle sue cosucce, al contrario, devo essere io a dire se il progetto è valido, io a consigliarli, a guidarli.

Di nuovo quel understatement, di nuovo quel farsi agnellino tra i lupi, fingersi Biancaneve, Alice, Candy Candy. A vedere il signor pezzo da novanta che fa la parte dell'angioletto per fottermi, la mia testa parte di nuovo per la tangente, è così che fa: quando qualcuno mi dà sui nervi a tal punto, quando c'è il rischio che gli molli un calcio in culo o che come minimo sbatta la porta, il mio cervello va a farsi un giro, finché il mio sangue non sbolle.

Così mi torna in mente di nuovo Catello Maresca, quando raccontava che i casalesi sono riusciti a creare un impero perché per quindici, vent'anni, parlare di casalesi come se ne parla oggi era impossibile; la gente li prendeva sottogamba, un manipolo di *bufalari* invece che, come si sono poi dimostrati, degli imprenditori coi controcazzi; e del resto ai corleonesi, le famiglie di Palermo, li chiamavano i *viddani*, i contadini, e si sa poi come è finita.

Mi torna in mente Kayser Soze nei *Soliti Sospetti*, quando dice che il più grande inganno riuscito al Diavolo è aver fatto credere alla gente di non esistere. Totò Riina, Binnu *'u tratturi* e Kevin Spacey, strana brigata. E intanto il tipo sta aspettando la mia reazione ai suoi fuochi d'artificio, al fatto che mi ha chiamato anchorman e ormai manca solo che la signorina avvocato esca da una torta cantando *Happy Birthday Mr. President*.

Aspettano una risposta, e io mi sento mentre rispondo, in effetti, anche se la mia stessa voce mi arriva attutita, è come se ascoltassi dal corridoio.

Dico che sì, certo, detta così si può fare, e lo penso davvero. È chiaro che si può fare, eccome, avrei accettato anche senza tutti questi salamelecchi e *paraustielli*, ma in fondo non mi dispiacciono; sono vanitoso, già, e la mia ex moglie lo diceva, che l'unica cosa di cui mi interessa davvero è il mio ego.

Quindi ok, in linea di massima siamo d'accordo, e aggiungo qualcosa a proposito di un piano editoriale – sul pezzo e professionale, bel colpo – e che accordarsi sul contratto non sarà un problema. Sto già pensando a come voglio far arredare lo studio, e al camerino, e pure a come nel camerino mi farò la tizia, perché a questo punto è chiaro che accadrà, e deve valerne la pena.

Poi, sempre "dal corridoio", mi ascolto dire al mio editore – dovrei chiamarlo così, immagino, a questo punto – che però ci possiamo vedere per i dettagli non prima di un paio di settimane, devo partire per un viaggio e, no, non posso proprio rinviare, ma chissà che non ne esca il primo scoop della nuova trasmissione, sì, come no.

È che per una volta gli scoop non c'entrano: io sono fatto così, quando mi ingabbiano troppo, cerco una via di fuga; e infatti, aggiungo che quelle settimane mi servono anche per mettere a punto il rapporto con il giornale, insomma se assumo un impegno in tv ne devo parlare anche con loro, avvertirli almeno e, stia tranquillo boss, che comunque la facciamo questa cosa, mi dia solo un paio di settimane per sistemarmi, tre al massimo.

Il progetto editoriale glielo mando dal cellulare appena possibile, dico, e praticamente il fumetto sta ancora lì per aria, sospeso, mentre io invece non ci sono più, lì; sono già fuori dall'ascensore, lontano dalla torre, a chilometri dal Centro Direzionale.

Lo avevo detto, che devo cambiare aria, puntare il naso altrove: la moto è pronta, lo è da quasi quarant'anni, il borsone pure e se no quel che mi serve lo trovo pure a Gela, a Reggio Calabria, Catanzaro, Palmi.

A Sud, è lì che devo andare adesso… altro che in tv!

SUI PIEDI DEL CASO

Gela sta sulla costa sud della Sicilia, un po' più in giù di Vigàta, quella di Montalbano, che nella realtà è Porto Empedocle. Sta di fronte a Malta, pure, ma a fondarla furono Entimo di Creta e Antifemo di Rodi: *Qui il DNA è greco* mi ha detto una volta una donna coraggiosa, un magistrato *qui Eschilo e Dioniso vivono e si scontrano ogni giorno, e si balla sui piedi del caso.* La Gela dei greci fu rasa al suolo dagli agrigentini, e poi riedificata solo nel 1200 da Federico di Svevia, per essere ancora scarnificata, saccheggiata, e umiliata di nuovo... faccenda più recente, quest'ultima.

Qui è pure nato Euclide, ma di matematico, di scienza esatta c'è ben poco: è se mai il caso, a farla da padrone, quando non il suo anagramma, il caos.

C'è una leggenda, su Gela, che narra di come vi fossero due fontane e l'acqua di una fertilizzasse le terre, mentre quella dell'altra le rendeva sterili, e terminava in uno stagno che esalava un odore talmente nauseabondo da non potergli stare vicino. La prima fontana potrebbe essere quella ancora oggi visibile in piazza Umberto, nel bel centro cittadino ornato dai decori in pietra calcarea e basalto dagli scalpellini locali; è spesso muta, la fontana "buona" di piazza Umberto, così come da qualche tempo tace anche la sorellastra, la gemella cattiva, quella che ammorba l'aria. Già, il mostro nero. Il petrolchimico.

Un tempo ingoiava tutto mi ha spiegato Lucia Lotti e sì, quel magistrato cui accennavo prima è lei *sogni e speranze, bisogni e capitali ma almeno dava lavoro. Oggi è il simbolo di un presente immobile: cantieri abbandonati, giovani che scappano, case eternamente in fitto. Sembra che persino la mafia abbia voltato le spalle a Gela.*

Se non c'è più nulla da prendere, del resto perché restare? È a questo, che sto pensando, mentre con il vento in faccia, tutto ben abbottonato, attraverso lo stretto di Messina. Tra quelle che un tempo erano Scilla e Cariddi – e in attesa che qualche mammasantissima faccia su il ponte dei miracoli – la scelta è tra farsela a nuoto o il traghetto: Caronte, si chiama, e per uno che ha intrapreso da qualche centinaio di chilometri un viaggio che non sa bene dove porti potrebbe persino suonare inquietante.

Non sono il tipo che si suggestiona, però, e non vedo l'ora di mettere piede in Sicilia. Anche perché ho un appuntamento, un approdo che mi aspetta: la prima tappa ideale per il mio percorso, in qualche modo. E poi, sono sopravvissuto alla Salerno – Reggio Calabria su una moto costruita quando erano di moda i Duran Duran. Non sarà il guado dell'Acheronte, a spaventarmi

Nemmeno il tempo di un'arancina allo spaccio del ponte inferiore, è già tempo di scendere in garage a recuperare la XT. Le luci di Messina ci accolgono, con un sentore di agrumi e pasta di mandorle, di nafta e interiora di pesce, e la sagoma della grande Madonna posta all'imboccatura del porto. *Vos et ipsam civitatem benedicimus*, benediciamo voi e la città stessa, c'è scritto sul basamento. Rispetto al *Guai a voi anime prave* di Caronte, è già un passo avanti.

Mi aspettano duecento e passa chilometri di strada: Taormina, Giarre, Acireale, l'autostrada fino a Catania è scorrevole, docile, il vento una carezza profumata. Dalle pendici dell'Etna però si torna in clima dantesco, gli ultimi ottanta chilometri sono di Statale, la 417, non proprio una highway americana. Fino a Gela, appunto, la più piccola e sfigata procura italiana: così la sentii definire a un tale, un magistrato arrivato dal Ministero.

Voi pensate che a Napoli gli uffici stiano inguaiati, giuvinò mi disse con aria paterna *ma non avete idea di che problema sia riempire gli organici di Gela*. Già, Gela: è stata la casa di Lucia Lotti, a capo della Procura ma, in fondo, capo di chi se quell'ufficio, per otto anni, l'ha guidato in solitudine? Non c'era Palazzo di Giustizia, qui, fino a pochissimo tempo fa; non c'era nemmeno il carcere. Figurarsi se poteva esserci la certezza della pena.

Ora, dopo quasi tremila giorni in quella che lei stessa chiama "la Sicilia più profonda", la dottoressa Lotti sta per tornare a Roma e io non voglio perdermi l'occasione di incontrarla nella sua Procura. Ancora pochi giorni e sarà tardi, sarà andata via. È con lei, il mio appuntamento, è per quello che – alla fine – ho deciso di non aspettare oltre. Andiamo da quelle parti, mi sono detto, tra quei settantamila abitanti che sono ogni giorno qualcuno di meno perché qui lavoro non ce n'è, poca la speranza, e invece una sensibile "contrazione della ricchezza depredabile" come l'ha chiamata la dottoressa Lotti. Non ci sono più *piccioli*, cioè. E poiché le attività criminali mirano al profitto, e qui non se ne realizza più, se ne sono andate anche loro.

Mi pare impossibile stare in un posto – un posto in Sicilia – dove non c'è la mafia. È che da lontano uno si fa un'idea diversa, leggi centinaia di pezzi, milioni di parole su mafia e di antimafia, storie vere o presunte, magari leggendarie – un po' come i luoghi comuni che si leggono nei pezzi su Napoli dei grandi inviati nazionali – e quando sei qui ti aspetti di trovare chissà che, una cartolina degli anni Quaranta, con i picciotti a cavallo con la bandoliera, gli stivali, il fazzoletto al collo.

Chi pensa che le mafie siano ancora formate da banditi che se ne vanno in giro con la coppola e la lupara mi ha detto Federico Cafiero De Raho, *oggi non riconoscerà mai un 'ndranghetista.* Calabria o Sicilia, la questione non cambia. La mafia ha il colletto bianco adesso, un abito di buon taglio e ben stirato, occhiali da lettura. E non sta in posti come questo, quattro case, saracinesche abbassate, anziani a passeggio che si possono permettere di sbeffeggiarli – i mafiosi – perché ormai la loro vita l'hanno vissuta… e perché ormai non ci sono più orecchie ad ascoltare, comunque, a riferire.

Mamma mia che posto, Gela!

Prima di mettermi in strada per incontrare Lucia Lotti ho avuto con lei uno scambio di mail. Le ho raccontato la mia voglia di conoscere fatti e persone legate a questa terra, di vedere l'altro lato della lotta alla mafia, quella che si fa in strada, casa per casa, di bottega in bottega. Ho accettato il suo invito in Procura, e sinceramente non vedo l'ora di conoscerla, di stringerle la mano, guardarla negli occhi. Prima però devo dar corso a qualcosa che è quasi un rito, come se quell'incontro fosse poi una cerimonia, una preghiera laica che ha un suo avvento di tempi e di gesti.

Ci ho messo due giorni, a scendere in moto, e sono stati due giorni ben spesi: ho potuto riflettere, mettere a fuoco, prepararmi. E anche permettermi ogni tanto di non pensare a niente, godermi solo il paesaggio, guardare l'Italia, il suo Sud, da una prospettiva diversa. Sono andato avanti e indietro con la memoria, e ho sfogliato un po' l'album dei ricordi: scene della mia vita e di quella del Paese, flash che s'intrecciano legati magari da una frase, da un elemento del paesaggio.

"È finito tutto" l'ho sentito dire alla mia ex moglie uscita da un tribunale dopo la separazione, stava salendo in macchina quando l'ha detto. E la stessa frase l'ho ascoltata dal giudice Caponnetto, io come milioni d'italiani davanti al TG: stava salendo in macchina pure lui, dopo il funerale di Paolo Borsellino. Ti chiedi se non ci sia qualcosa che non va, in una vita dove ricordi una sposa innanzi al tribunale e un magistrato all'uscita di una chiesa, ma in fondo contraddizioni, coincidenze, incroci inattesi o improbabili, fanno parte della vita di noi tutti e, in qualche modo sono dei segnatempo, delle pietre miliari come quelle che sfilano ai bordi delle strade statali.

Ora che la statale è alle spalle, però, e le porte di Gela proprio lì davanti non è più tempo per i come eravamo: sono alla meta e prima di scendere in Procura voglio farmi qualche giretto, anche a caso, non importa dove: ho bisogno di respirare l'aria di qui, di comprendere la vita quotidiana di questo posto, parlare con persone autentiche; a me non sono mai interessate le star, i pezzi da novanta, i vip delle istituzioni, o quelli che hanno posizioni di comodo. Andiamo a conoscere i gelesi, piuttosto! Solo che…

Solo che mentre la moto scivolava lungo la 417 non mi sono tornati in mente solo i ricordi di famiglia o gli articoli più belli, le piste seguite, le cazzate scritte tanto per riempire le pagine. C'era anche quel ronzio.

Riuscite a sentirlo? È sempre più forte, sempre più vicino, quasi che lo posso toccare. Ha pure una sua figura, il ronzio, un'ombra allampanata e scura, finché dalla nebbia emerge un abito talare. Il prete, ma è proprio lui? E adesso mo' che c'entra, che ci fa qui in mezzo alla strada?

È più di un anno che non lo sento, da quando mi raccontò la storia di quel palazzo, un palazzo maledetto dove sono morti quasi tutti. Una mail, mi mandò il prete, una mail che il programma di protezione del computer avrebbe dovuto far partire una sirena. Altro che spam, che spazzatura, altro che virus: in poche righe di quella mail c'erano discariche abusive e liquami, scorie e veleni, e batteri tossici, letali. E tumori, sì, a decine, a centinaia.

Parlo di un intero palazzo contagiato, quindici piani forse, una sessantina di appartamenti e tumori a grappoli, in ogni famiglia, nessuna esclusa. È così che succede, nella Terra dei Fuochi.

I casalesi hanno interrato di tutto pur di fare soldi, non hanno risparmiato un ettaro, di quella terra martoriata e maledetta! Si sono venduti le mamme, hanno condannato i loro figli… impossibili da perdonare, nemmeno da Dio stesso. Figuriamoci da un povero parroco, un prete come tanti reso eccezionale solo dalla sua condanna, come una lettera scarlatta. Ha perso tutta la famiglia in quel palazzo, il prete. Tutta. Una famiglia sterminata dallo stesso stramaledetto male.

Presente e passato, e poi di nuovo al presente, a due giorni fa. Qualcosa nel mio cervello ha attivato il tarlo, lo ha rimesso in funzione. C'è una gran folla, per essere una statale semideserta a quest'ora di mattina, ma sono tutte ombre, contorni indefiniti come di spettri. Prima il prete, ora quello sembra il signor pezzo grosso, l'imprenditore farmaceutico. Penso soprattutto a un'espressione che ha usato nel corso della nostra prima conversazione, quando al telefono mi chiese se potevo raggiungerlo in ufficio, al Centro Direzionale. Mi sono accorto che è da allora che sono turbato, dalla telefonata dico. L'incontro è stato meno d'impatto, forse perché tutto quel teatrino di ossequi e ostentazione me lo aspettavo, forse perché ero più concentrato sulle gambe e il culo della tizia. Certo, mi ricordo della trasmissione tv, della battuta sulla quasi querela, di quel caffè che era spocchioso quasi quanto loro, con la tazzina di vetro e lo zucchero a prova di intolleranze.

La telefonata, invece… mi ha messo in allarme, deve essere stato lui a pronunciare qualcosa che mi ha scosso, anche se non riesco a capire di che cazzo si tratti. Un nome, magari, o una parola che davvero non riesco a ricordare, e che mi tiene sospeso comunque a mezz'aria ogni volta che ripenso a quel tale. Come quelle parole che dicono gli ipnotizzatori, e tu ti svegli quando le senti: ecco a me succede il contrario, mi congelo, cado in trance… Ma che potessi crepare ora se mi ricordo quale accidenti sia, quella parola. Meglio non pensarci, va, che la mattina mi pare prometta bene. Questo posto è molto più ordinato e grazioso di quanto non ci si aspetti dalla sua fama, è animato anche se è ancora presto; e fa caldo, minchia, pure se siamo a novembre e il sole sarà sorto sì e no da due ore.

Quindi il piano è questo, anzitutto smettiamola di pensare, che se non spengo questo ronzio finisce che mi scoppia la testa. Poi, colazione, ecco quel baretto lì pare proprio il posto giusto.

Mo' mi sparo una granita di quelle che fanno da queste parti, pistacchio, o gelsi, tutta roba buona di queste parti, fico d'india magari anzi no: mandorla, sì assolutamente. E chi si muove più da qui: la granita, il sole sulla faccia e poi è come stare al cinema.

È una cosa di cui sono convinto, sapete, una cosa che faccio da sempre. Se ho poco tempo per stare in una città, cerco di stare alla larga dai musei, i monumenti, le classiche tappe da tour turistico; men che meno, dai palazzi anzi: i Palazzi, quelli con la maiuscola, i posti istituzionali. Molto meglio i caffè, le trattorie da poco, i saloni per barbieri, persino le panchine del parco. È lì che incontri la città, che vedi scorrere la vita vera. È lì che capisci un posto.

Ricordo tempo fa sul *Corriere della Sera*, c'era un pezzo di Luis Sepúlveda dedicato a chi si metteva in viaggio a Ferragosto: una sorta di avviso ai naviganti, un saluto bonario e un po' irriverente ai forzati delle vacanze, ai drogati di last minute. *Non vi affaticate di fronte a botteghini di musei e pinacoteche* – scriveva il maestro cileno – *il primo e più profondo impatto con una città deve essere l'aria, la chiacchiera rubata al bar o ascoltata in una conversazione al ristorante o in un bus affollato; meglio incontrare gente del posto, persone normali che ti parlano di tasse o di calcio, piuttosto che farsi venire l'emicrania in un museo civico alla ricerca di un cimelio di qualche secolo prima.*

Roba che poi ti scordi appena sei uscito dal mausoleo. E quindi niente fila, e niente museo; granita alla mandorla, invece, recapitata direttamente al tavolino dal cameriere, roba unica. Me la gusto cucchiaino per cucchiaino, in santa pace, non voglio nemmeno dare un'occhiata al giornale, come farei se fossi in bar di Napoli.

Si sta bene da queste parti, e mi torna in mente una frase in una mail di Lucia Lotti, la procuratrice, una delle molte mail che ci siamo scambiati negli ultimi tempi, con un ritmo sempre più fitto mano a mano che lei andava oltre alla diffidenza iniziale, che piano piano un po' si apriva.

È vero, mi ha scritto, *a volte assomiglio a un luogo comune, lo dico perché ci credo: quando arrivai qui a Gela avevo paura di non farcela, oggi che sono sul punto di andare via ho invece paura di non resistere senza questa terra. Vado a Roma e lascio una città depredata, costretta a subire ancora. Guai però a darsi per vinti.*

Guai, certo, mai darsi per vinti. Questa è una lotta che si combatte giorno dopo giorno dopo giorno, metro per metro anzi, no: un centimetro alla volta, come in trincea, come in una mischia rugbistica. *Mi fa rabbia,* mi ha detto una volta Nicola Gratteri, capo del pool antimafia di Reggio, *vedere che passano gli anni e la partita la stiamo solo pareggiando; mi brucia.*

Giocatori di una partita che ha in palio tutto un mondo, tutto un futuro. O magari soldati, come ho sentito auto-definirsi un'altra donna coraggiosa, PM a Milano. *Io ho fatto un giuramento di fedeltà, e per me ha un vero, grandissimo significato. Io non verrò mai meno a questo giuramento. Sono un soldato e il mio dovere è combattere. Non chiedermi se vincerò, non finalizzare la mia azione alla vittoria. Certo, che spero di vincere, ma il punto è che mi è stato dato in dono questo privilegio di poter combattere, e io devo farlo al meglio. Quello, devo fare.*

Milano, Reggio Calabria, Gela: cambia il senso di marcia, cambia il panorama ma è sempre la stessa Italia, la stessa guerra. Chi la combatte ha vite blindate, i buoni in caserma, sotto scorta, gli antagonisti spesso rintanati nei bunker, nei loculi, nelle cantine. La differenza la senti quando escono per strada, gli uni e gli altri: ai secondi viene offerta deferenza, ossequio, persino lealtà ma spesso è solo per convenienza, per paura di ritorsioni. Quando sono i buoni, a fendere la folla di una piazza, le bancarelle di un mercato, la faccenda è diversa. A prima vista c'è più freddezza e, certo, capita ancora che dopo un arresto eccellente piova qualche fischio, capita che il giorno dopo i muri siano imbrattati di insulti, o minacce da vigliacchi.

Quando però le persone come Nicola Gratteri o come Alessandra Dolci, soldatessa a Milano, vanno in una scuola; quando Lucia Lotti si ferma a parlare al bar, a scambiare due parole con un pescivendolo in questa Gela martoriata che a chiudere gli occhi sa ancora di Magna Grecia, ecco allora che vedi la speranza.

Sono complimenti autentici, quelli, di stima, di riconoscenza. Sorrisi che magari si fanno solo con gli occhi, come sottovoce, ma che valgono come grazie, come non se ne vada, non ci abbandonate di nuovo, e ancora, al nostro destino. È allora che capisci, la gente, da che parte sta.

Mi alzo, pago la granita, ho voglia di sgranchire un po' le gambe.

Quanti Vendesi, però, quanti Affittasi, quante case vuote e balconi cadenti, finestre cieche, serrande mute.

E che colori, per contro, che profumi! Alla fine tutti quegli affittasi magari sono un segno, un suggerimento: voglio tornarci da queste parti, sì, magari ci vengo ad aprire una redazione! Vado a recuperare la moto, e mentre la tiro giù dal cavalletto non posso fare a meno di guardarmi specchiato nella vetrina di un fioraio. Sarà magari che nel riflesso mi vedo incorniciato dai giacinti e le rose a gambo lungo, ma ogni volta che mi vedo sulla XT mi sento ridicolo; non tanto, appena un pochino.

Se non altro adesso, rispetto a quando la XT la volevo ma non potevo – rispetto a vent'anni fa – non ho più il ciuffo alto sulla fronte. Anche se poi, a dirla tutta, i capelli alla Nick Kamen stanno tornando di moda.

Comunque è il momento di muovere verso la Procura adesso, basta cazzeggiare in giro; la dottoressa Lotti mi sta aspettando, e come lei le altre persone con cui ho preso appuntamento in questo mio piccolo, ostinato, tour.

Dopo la Sicilia si torna in continente: ma non subito a Napoli, prima la Calabria, Reggio, Palmi: ho preso contatti con un paio di magistrati e con una persona, un testimone di giustizia da anni nel mirino della 'ndrangheta. Sento che questo viaggio mi sta facendo bene, mi sta tornando voglia di lavorare, di andare a fondo nelle cose, di non perdere un attimo, di fare inchiesta.

C'è anche un po' di patema, è vero, un po' di ansia mi assale. Come farne a meno, del resto? Non bastassero i fantasmi – il prete, il mammasantissima del farmaceutico, la sua odalisca tatuata – mi ha scritto pure la mia ex moglie. Con il suo solito garbo mi ricorda che devo pagare bollette, tasse e dio sa cos'altro. Ci dobbiamo mettere a tavolino, dice, e rivedere quelle cose che stai (sto, cioè) scansando da anni, non è che posso stare qui appesa, dice lei, ad aspettare i tuoi comodi, o che tu sia pronto.

L'oggetto della mail è un altro bel tipo di apparizione spettrale, la casa che dieci anni fa comprammo assieme, quella in cui il nostro matrimonio è andato a puttane, e in cui adesso lei vive da sola; almeno, credo. Tanti soldi spesi – stavo per dire buttati – per un progetto fallito, almeno a lei è rimasto qualcosa, magari in quella stessa casa potrà ricostruire domani un rapporto una famiglia. Io sono lontano, ormai, vivo da un'altra parte, la prima cosa che ho trovato a un affitto ragionevole non troppo fuori dalla mia *comfort zone*, il giornale, la Procura, i soliti giri. Ricordo quanto siamo stati a scegliere i mobili di quella casa, le abat-jour, le tende. Io adesso manco mi ricordo se le ho le tende, nella casa dove sto. Ci passo a malapena, serve quando fuori piove o quando devo pescare nell'armadio una camicia pulita.

Meglio se non ci penso, a lei scriverò se mai più tardi... tanto di certo non se l'aspetta, da me, una risposta tempestiva. Mi rituffo nel mio viaggio-dossier, che come sempre è il rifugio migliore contro le frustrazioni e l'ansia. L'unica cosa di cui ti importi sono le tue inchieste, diceva sempre lei, è come se la sentissi in questo momento. E, la sapete una cosa? Ora come ora, in questo esatto momento, ha ragione al cento per cento.

L'incontro con la dottoressa Lotti è stato speciale, e non vi offenderete se lo tengo per me. Speciale da un punto di vista professionale, mi ha dato spunti interessanti per la mia inchiesta, uno sguardo diverso su qualcosa che avevo già visto, ma non ancora messo a fuoco, non così. E no, non ve ne parlerò qui; ve l'ho detto prima, quando l'inchiesta entra nel vivo, quando sento odore di esclusiva, quando mi volto e vedo tutti gli altri dietro – ad inseguire – divento geloso, delle mie cose. E chi me lo dice, che tra di voi non c'è qualche collega che non aspetta altro che di fregarmi lo scoop?

Vi posso però raccontare di come è stato incontrare Lucia sul piano umano. Conoscere la persona, l'alter ego del magistrato. È bello guardarsi negli occhi, sentire il suono di una voce mai udita prima eppure familiare, dopo tante mail, dopo tanti piccoli passi verso una fiducia via via più condivisa. Mi ha portato nel suo, di rifugio, sulla spiaggia. Il mare è cupo, a Gela, è inquinato anche ora che il mostro nero dorme, e più che sciabordare mugghia, brontola. Sulla spiaggia di Gela c'è la duna più alta d'Europa – la più alta l'avreste mai detto? – che quando è stagione esplode di ginestre selvatiche e mimose.

È questo il posto-altrove di Lucia Lotti, il suo mondo fuori dal mondo, il luogo dove smette di essere magistrato ed è solo una donna che ama i fiori. Il posto dove è libera.

È tempo di salutare la prima duna d'Europa però, adesso, lo scheletro inerte del petrolchimico, la granita alla mandorla, e Gela. Ci devo tornare, qui, e di certo lo farò, presto, lo giuro a me stesso mentre la moto quasi si guidasse da sé imbocca lo svincolo della 417.

Direzione Catania, e di lì Messina, l'imbarco, la Calabria.

Mi aspettano a Palmi.

LE CROCI BIANCHE

Palmi ospita il più antico luogo di culto della Calabria, la cripta del patrono San Fantino. Il suo territorio è costituito in gran parte da terrazzamenti che dalla sommità del monte Sant'Elia digradano verso la Costa Viola, quella che va giù poi fino a Reggio, fino a Scilla e Cariddi. Qui sorgeva in antichità Tauriana, città abitata dai Bruti (maiuscolo) ma Palmi non è greca: è medievale, e normanna, e fa una bella differenza.

Ha una torre saracena, Palmi, e un centro storico a misura d'uomo, quasi intimo, disseminato di chiese neoromaniche e barocche; il vero campanile della città però sta su in alto, sul monte. È qui che s'innalzano la colossale struttura in ferro battuto del monumento a Domenico Antonio Cardone e le Croci Bianche, riproduzione abbacinante, sotto il sole di Calabria, del Golgota dove perì nostro signore.

Profano e sacro, come nei riti d'iniziazione della 'ndrangheta; sacro e profano, con i casermoni di cemento abusivi abbarbicati sui fianchi della montagna, dove non dovrebbe mostrarsi che la natura, tra le Croci e la spiaggia della Tonnara.

È così, la Calabria, santa e puttana, mozzafiato e asfissiante, in continua contraddizione di se stessa. Sto pensando che dovrei decidermi a scendere verso mare, verso il centro abitato: devo fare un effetto da film western, per chi mi veda da sotto, stagliato controsole sul crinale a cavallo della moto.

Sto per tirare su il cavalletto, quando mi arriva una telefonata dal giornale. Non è la redazione, però, strano: riconosco il numero, chiamano dagli uffici amministrativi e potrei scommettere che si tratta dell'ennesima querela. Di solito quando arriva la citazione mi chiamano, per capire anzitutto che è successo – se ho esagerato io o invece sono gli "altri" a essere permalosi, diciamo così – e sulla base di quello che gli dico capire come impostare la memoria difensiva da presentare ai giudici.

Non ci sono andato lontano, diciamo che ci ho preso a metà: era davvero il legale del giornale, ma per questa volta ho sbagliato sulla querela. Aveva una richiesta, un semplice click a sentire lui eppure vedrete quanto quel piccolo gesto da qui a poco spalancherà un intero mondo, dando una svolta – ancora non so se in bene o in male – al viaggio che sto facendo, al senso stesso che sto man mano dando alle cose. Per farla breve, mi ha dato indicazioni di cliccare sulla mia mail personale alla parola "accept", per dare così inizio a una procedura interna che renderà più sicura la mia casella. Semplice routine, una cosa di poco conto, ci vuole un attimo, ha detto.

A volte è così, se ci pensate, basta davvero un attimo: un attimo per evitare un incidente, un colpetto su un touch-screen per dare l'ok a una complessa procedura amministrativa, pochi secondi per cambiare direzione di marcia, per accettare o meno una proposta di lavoro, strizzare l'occhio alla persona sbagliata, incassare oppure no l'assegno che ti rende tutto più facile. Mi viene in mente il film *Sliding Doors* e a fianco di Gwyneth Paltrow questa volta c'è Nicola Gratteri: *se fossi nato cinquanta, cento metri più in su o più in giù,* mi ha detto tempo fa, *ora invece di un magistrato potrei essere un capobastone.*

Parlava dell'importanza della famiglia, Gratteri (*è fondamentale, e un attimo dopo per importanza viene la scuola*, quella stessa dove lui va a parlare ogni volta che può, mettendosi in ferie apposta per poterlo fare senza fretta), ma è vero per tante altre cose. Ogni svolta può cambiare l'intero percorso, ogni gesto o circostanza – per quanto all'apparenza insignificante – può avere delle conseguenze.

Lucia Lotti se la ricordava ancora, quella sua battuta circa il ballare sui piedi del caso, me l'ha ripetuta di nuovo di persona con gli occhi che sorridevano, ammiccanti. È lo spirito greco, e un po' anche la storia della mia vita, doppio binario, scelte contrastanti a volte al limite del bipolarismo, di Jeckill & Hyde. Rispolvero ricordi liceali, resto sospeso tra Dioniso e Apollo, tra istinto vorace e pensiero riflessivo, voglia di fare, di fottere e basta e voglia invece di progettare un futuro, di creare un equilibrio che non sia troppo in balìa del caso, o del caos.

Vedete? A volte basta un'inezia, una minuzia, una quisquilia. A volte basta spostare una lettera, per fare la differenza tra caso e caos. Mi rendo conto però che sto parlando troppo difficile, che faticate a seguirmi; dev'essermi rimasta attaccata un po' di Magna Grecia, per mettermi a filosofeggiare così, ma adesso siamo tra i normanni e tocca essere pragmatici, concreti, più terra terra. È ora di tornare a vestire i panni del segugio, del cane da tartufi. Che bella, però, anche la Calabria. Arcigna, sì, ma bella da levare il fiato.

Gaetano Saffioti ha un'impresa di movimento terra; poche cose fanno più gola alle mafie, oggi, l'edilizia è il comparto più infiltrato e non solo quaggiù. Lavora ovunque, Saffioti, tranne che nella sua regione: ha vinto appalti in Romania, a Parigi, a Dubai, ma qui a casa sua non lavora neppure gratis.

Un tempo vincevo un appalto ogni venti, mi dice, *ma da quando ho denunciato ho partecipato a mille gare, senza vincerne nemmeno una.* Già, quello è il problema: ha denunciato. Di nuovo le *Sliding Doors*, farlo o non farlo, alzare la testa o abbassare lo sguardo, denunciare o no. Lui l'ha fatto, *quattordici anni, un mese e dieci giorni fa*. Dice proprio così, e scommetto che non passa giorno senza che li conti – i giorni, i mesi, gli anni – ricominciando da capo.

Da queste parti mi chiamano il morto che cammina dice *e vivo in un bunker ma lo sguardo non lo abbasso. Sarò un zombie, un prigioniero a vita ma è solo da quando ho denunciato, che mi sento libero.*

È un mondo alla rovescia, il delinquente sta fuori e la gente per bene è condannata all'ergastolo o, nel migliore dei casi, agli arresti domiciliari.

Non è solo Saffioti, ricordo Gratteri dire che stava *chiuso in una scatola*, De Raho o Lucia Lotti raccontare i loro risvegli in caserma, Maresca che – nel pieno della caccia a Zagaria – scrisse sul suo diario *oggi ho fatto quarant'anni, e non mi hanno ancora ammazzato*. Poi "Capastorta" fu preso e anche lui – almeno lui – da allora, sta chiuso in una scatola.

È una frontiera estrema, quella in cui i buoni stanno rinchiusi, e invece i delinquenti a piede libero, latitanti, inafferrabili. Finché non li prendono, certo, e chi prima chi poi li si prende, tutti. Penso al morto che cammina di Saffioti e al *Dead Man Walking* che negli Stati Uniti è chi sta nel braccio della morte, agli zombie e *The Walking Dead*, la serie tv, anche lì c'è la rete, la recinzione con il filo spinato e serve a tenere fuori i mostri, serve a non farsi ammazzare.

Fa riflettere, parlare con questo omone che sta rinchiuso da quattordici anni senza aver fatto niente, anzi: per aver fatto qualcosa sì, ma di buono, una di quelle cose per cui i giornalisti come me ti mettono in prima pagina, ti chiamano eroe e il parlamentare di turno propone onori e salamelecchi.

Mi racconta di quando ragazzino fu portato via dalla colonia premio perché il padre ricevette delle minacce, e come queste continuassero al telefono di notte, dopo che il padre venne a mancare. Era una persona per bene, e dunque un bersaglio: lo è anche il figlio, è inevitabile, la mela difficilmente cade lontano dall'albero.

Ancora la famiglia, la scuola, il posto – la via, magari – dove nasci.

C'è persino serenità, nella voce di Saffioti quando ti racconta che *qui in Calabria si vive sotto la giurisdizione della 'ndrangheta, che controlla ogni centimetro quadrato del territorio. Chi vive qui conosce quella regola non scritta per cui se non c'è il nulla osta della 'ndrangheta non si può fare nessuna attività. Bisogna purtroppo avere a che fare con questo stato parallelo che di fatto ci governa. Qualsiasi attività tu faccia, c'è l'ivam – come l'ho denominata – l'imposta sul valore aggiunto mafioso, che devi pagare a questi uomini.*

La 'ndrangheta è una sorta di operatore sociale, rende una serie di servizi che lo Stato non è in grado di assicurare. Si dovrebbe sbalordire, a sentire una cosa del genere, e tanto più perché a dirla non è stato Gaetano Saffioti da Palmi, Calabria, bensì Alessandra Dolci, procuratore aggiunto della Repubblica a Milano. C'è pure lì, la 'ndrangheta, e viene la tentazione di dire "soprattutto" lì, o più su ancora, nelle banche svizzere, nella rigorosa Germania.

Non sbalordisce pensarci, né di certo appare sbigottita la dottoressa Dolci che, anzi, enuncia il fatto come se stesse dicendo che domani sorgerà il sole, o che tra Juventus e Juve Stabia gli arbitri si ricordano più facilmente della prima. C'è pacatezza, nel suo tono, c'è estrema lucidità, c'è calma.

Le stesse di Saffioti, le stesse di Nicola Gratteri quando mi spiegò che *se vuoi aprire un'attività commerciale, devi entrare in casa del capomafia, e chiedergli il permesso. E lui ti consiglia, tanti consigli su tutto quello che ti serve. Sono le nuove forme di estorsione, chiedere la mazzetta non esiste, solo i morti di fame lo fanno ormai.* Dati di fatto, non teorie; circostanze acclarate e ormai consolidate ma che non per questo fanno meno rabbrividire.

In nessuno dei miei interlocutori però ho mai visto un briciolo di rassegnazione, di incertezza, o dubbio, ripensamento: *non si può essere grigi*, mi ha detto Saffioti nel salutarmi, *o si è bianchi o si è neri.*

Già, il bianco e il nero, di nuovo. Il Bene e il Male. Giusto non cedere al grigio, non lasciarsi sopraffare, nemmeno lasciarsi tentare. Non è semplice, però, quando ogni cosa pare capovolta, quando senti parlare di stato parallelo, che governa, impone le tasse, detta le regole, talmente ovvie che non c'è bisogno di scriverle.

Eppure gente come Gaetano Saffioti si sente libera, qui all'ombra delle Croci Bianche, nel suo cantiere che è un po' bunker e un po' *Miglio Verde*, e che comunque non serve qui, perché il suo lavoro è altrove: a Parigi, tra gli sceicchi, ovunque meno che a casa.

Una persona libera, e viva. Anch'io mi sono sentito così pochi giorni prima di partire per questo viaggio, quando finalmente mi sono buttato alle spalle tutto il peso dei sensi di colpa personali: i figli che non sono arrivati, mia moglie che fa la sua vita, la casa che ho arredato e dove non abito, e quella dove abito ma non ho voglia di arredare; il matrimonio sgretolato, soprattutto, la famiglia che è rimasta solo un'idea, un progetto abortito, un tentativo dove non si è tentato abbastanza. È la famiglia quello che fa di noi quello che siamo, quella dovrebbe essere il vero rifugio.

Sarà per quello, magari, che parlando di mafie ormai non si dice più famiglia come nei film del *Padrino*, ma cosca, o clan. E rieccomi, sto di nuovo pensando al lavoro, e il resto è già lontano: che poi, per essere il mio solo interesse e il mio posto sicuro, la mia duna più alta d'Europa, anche il lavoro talvolta mi ha tradito di brutto. Sensi di colpa non ne ho solo sul piano personale, ma pure professionali: troppe volte mi sono sentito un personaggio che recita a soggetto, un burattino della notizia che pensa solo ad arrivare al numero di battute che servono a chiudere la pagina, a sfangare la giornata.

Aggiungeteci l'ansia per quel lavoro all'apparenza allettante, quasi perfetto, abbagliante abbastanza da impedirmi di cogliere quella sensazione di freddo, di metallo, quella parola stonata che non c'è verso, cazzo, non riesco davvero a mettere a fuoco. Non potevo partire in quello stato d'animo, non sarei neppure riuscito a uscire dalla città.

Noto giornalista compra moto d'epoca e ci si schianta contro Porta Nolana potevo già vedere i titoli sulle testate concorrenti, *lascia una ex moglie, un'inchiesta a metà e un appartamento mal ammobiliato.*

Che figura di merda! C'era solo un modo per evitarlo, per buttare alle ortiche questo spleen, questo male di vivere e rigenerarmi. Il modo più antico del mondo, già, una bella scopata. La mia ex moglie?! Ma siete scemi? Figurarsi, quella non mi può vedere, credo non riuscirebbe neppure a restare seria, se ci provassi. Mi manderebbe a fanculo sghignazzando.

No, siete fuori strada: mi sono fatto la nostra comune amica, ma sì, in fondo è come se la conosceste anche voi. La socia, collega, valletta eccetera dell'imprenditore farmaceutico, la *ciucia* profumata col tesserino da avvocato in tasca e il tatuaggio sul piede.

Ne ho avuto l'opportunità (ve lo avevo detto, che sarebbe successo) e non ci ho pensato due volte. Mi rendo conto che starete pensando che raccontarlo ai quattro venti non è molto da cavaliere, che sono una brutta persona. In fondo però mica la conoscete davvero: mica potete andare in giro a cercare di riconoscerla dal tatuaggio. La signorina è un ago in un Centro Direzionale, e non scoprirete mai chi è. Tra l'altro, questo lo dico ai miei lettori di sesso maschile, è un vero peccato. Perché è brava, la zoccola. Proprio brava.

È andata così, avete presente quel gruppo di edifici che sta di fronte alla chiesa del Centro Direzionale ma sì, lì appena si esce dal Tribunale? Il giorno dopo il nostro primo incontro, mentre facevo un giretto di prova della moto prima di avventurarmici sulla Salerno – Reggio Calabria, la tizia mi ha chiamato. Doveva farmi vedere una bozza di contratto che avrei dovuto firmare, dire che l'aveva cucito su misura sulla mia condizione lavorativa e le mie capacità, e non solo, l'aveva pure preparato con la massima urgenza apposta per farmi un favore, sì, ma anche per loro.

Sapeva che dovevo partire per quell'inchiesta e prima che lasciassi la città (santo dio, manco fossi dovuto andare in Medio Oriente a combattere) volevano assicurarsi le mie prestazioni professionali, così da poter partire subito con il programma al mio ritorno. Quando ha detto quest'ultima cosa mi è venuto da sorridere, pensavo al camerino in cui dopo la prima puntata dello show me la sarei fatta, ma poi mi è venuto in mente un divano della vecchia casa, quella messa su con la mia ex moglie… insomma, lasciamo perdere.

Però all'appuntamento ci sono andato, ovvio, ero curioso di vedere quale compenso il signor pezzo grosso pensava che valessi, e pure di leggere il contratto, di capire se di *avvocatese* ne capiva davvero, la tizia, o era solo una posa ad effetto, con una laurea comprata in un ateneo di manica larga.

Ci siamo incontrati nei pressi di un caffè con pretese di grande eleganza, e salutati con il classico bacio – smack – a destra e a sinistra. Nel ritrarsi dal bacio, poi, mi è venuto naturale, e comunque non era premeditato, appoggiare la mia mano destra sul suo fianco. Non l'avessi mai fatto. Una rivelazione.

Lei si è mossa come se avesse sentito una scossa, una specie di danza, e lì ho capito tutto. Non che ci fosse bisogno dei sottotitoli. Abbiamo iniziato a parlare di contratti, inchieste, articoli di legge, e una miriade di altri discorsi senza senso, persino del mio viaggio di 'sta minchia e della fede che nonostante tutto porto ancora al dito medio. Poi di colpo silenzio, lei che mi guarda, tira su le spalle e mi fa: *e ora violentami*.

Conoscete l'università *Parthenope*? Sì, quella che sta di fianco al Palazzo di Giustizia, bravi. Ecco. Se serve andate al sesto piano, e non fate troppo rumore.

A PROVA DI BOMBA

Blindare il sistema di ricezione delle mail, creare una cartella spam per la posta indesiderata, andare a caccia dei tanti virus che circolano on line. Noto con piacere che al mio giornale hanno deciso di investire una cosa di soldi, e se ho ben capito non è solo per evitare hacker o attacchi informatici massivi.

Ho fatto una chiacchierata con un collega, che mi ha spiegato come mai abbiano deciso di mettere la mano alla tasca e creare un nuovo sistema di ricezione della posta elettronica. Dice (lui) che abbiamo perso un processo in sede civile, per un'intervista fatta a un tale che ha poi smentito di aver rilasciato le dichiarazioni pubblicate.

Un classico di questi tempi, solo che chi aveva scritto l'intervista non aveva neppure una pezza d'appoggio, perché non aveva registrato la telefonata. Il che vuol dire condannato senza nessuna possibilità di difendersi. Un precedente, l'ennesimo, che ha spinto la direzione a prendere un'iniziativa, tanto che nel nuovo sistema editoriale c'è anche un'applicazione che consente di registrare le telefonate, grazie al collegamento con il telefono di servizio.

Buono a sapersi, mi sono detto, così la prossima volta che mi chiamano per farmi qualche minaccia anonima mi registro la voce dello stalker e me la scarico sul telefonino, e poi me l'ascolto magari quando vado a correre, al posto del personal trainer. Tanto, ho aggiunto, io di interviste ne faccio raramente; al più comunicazioni di servizio, modello usciere, come quando devo avvertire l'indagato di turno che sta per uscire un servizio sul suo conto e mi becco le solite bestemmie.

Sì, sì, fai sempre il superiore tu – mi ha detto l'amico di scrivania – *tanto a te che te ne fotte, mica fai il cronista politico, sempre alle prese con il loro linguaggio. Del resto lo hai visto, per mettere appunto questo sistema della registrazione a comando, abbiamo dovuto fare dieci giorni di prova e ancora oggi comunque non siamo partiti. Ah, tu non sai niente della prova? E già, stai sempre fuori dalla redazione, entri e a malapena saluti e dopo mezzo secondo sei già con la testa ficcata nelle tue carte come una specie di struzzo. Normale che poi non sai mai un cazzo di quello che accade qua intorno e a stento sai come si chiama l'azienda che ti paga uno stipendio a fine mese, figurarsi dei problemi che può avere!*

Aveva ragione tua moglie (pure lui, ma che è si sono messi d'accordo? Vedrai che mo' attacca con la storia del mio ego) *stai sempre allo specchio! Allora, comunicazione di servizio – come dici tu – te lo ripeto: dal dieci al venti ottobre abbiamo avuto tutti a disposizione un servizio di prova, con cui abbiamo imparato a registrare le telefonate e a scaricarle nella posta elettronica. Se vuoi una prova, giusto mo' mo' ti mando la nostra conversazione di adesso, che te la senti stanotte con calma, se ti venisse nostalgia.*

Coglione, penso, mentre metto giù il telefono. Tempo di rimettersi sulla strada, va be' che da qui alla prossima tappa sono appena più di un centinaio di chilometri, ma ormai qui ho fatto, e sono impaziente di incontrare Nicola Gratteri: il numero uno del pool antimafia di Reggio Calabria e, al momento, anche il procuratore capo di Catanzaro. È lì, che sto andando. Mentre Palmi mi sfuma alle spalle indirizzo un ultimo pensiero a quell'omone gentile, un gigante buono che pare Bud Spencer, con quella barba, un uomo a modo. Sì, certo, parlo ancora di Gaetano Saffioti.

Denunci, e fai bene, ma fatto quel passo non puoi più tornare indietro. Non sei sul sentiero battuto, qui si parla di fare un salto, un salto nel vuoto... non è che poi resti sospeso a mezz'aria, come nei cartoni animati. Denunci, perché è giusto farlo, per sentirti finalmente libero, perché ti hanno insegnato così, e poi che succede? Il senso di marcia esiste, ma non è solo avanti e indietro, a destra o sinistra: è anche in su, in salita, pericoloso per te e per i tuoi figli. Insomma, uno come Gaetano Saffioti, uno che non è nato per fare l'eroe, alla fine chi lo protegge? Chi gli guarda le spalle, a lui e ai figli?

Clan e imprese, minacce e rinunce: due facce della stessa medaglia, due lati della stessa guerra, due colori: bianco e nero, buoni e cattivi.

La storia del superteste mi ricorda un po' quello che mi è accaduto negli ultimi mesi. Prima di organizzare questo viaggio, prima anche di iniziare a pensare che poteva farmi bene cambiare aria, e prima di tante altre cose.

Ci sono andato abbastanza vicino, allora, a fare lo scoop della vita. Poi però mi sono fermato, non avevo certezze su alcuni punti della storia, e di rischiare non ho avuto il fegato. Avevo buone carte però, in mano una serie di indizi, di suggestioni forti; buone carte, già, ma nemmeno un pezzo di carta, nessun documento, niente registrazioni. Non me la sono sentita di provare a lanciarmi senza paracadute, di fare il botto senza una pezza di appoggio, una polizza d'assicurazione sul mio pregiato culo.

Un particolare tipo di tumore, e una cura sperimentale, di quelle con cui le case farmaceutiche fanno i miliardi. Certe volte avrei voluto non averne mai sentito parlare, non aver mai letto un rigo: l'angoscia mi paralizzava, letteralmente. Persino ora, a distanza di tanto tempo, solo a pensarci riparte il ronzio, mi sembra che la testa mi stia per scoppiare. Metto in moto. Vado via.

La XT fila che è una meraviglia, il motore sta bene, davvero non li dimostra, i suoi "anta". Davanti un lungo rettilineo, di quelli che in moto te li godi davvero perché puoi lasciare andare il mezzo, rilassarti, goderti il viaggio.

Ma chi ci riesce, a rilassarsi, c'è sempre quel ronzio, e il mio pensiero torna di nuovo a quello che ho visto in ospedale. Ho un amico che lavora lì, sapete, e d'accordo con lui ho fatto... come dire? delle sostituzioni di persona.

Per dirla tutta, mi sono letteralmente travestito da infermiere: il mio appoggio interno, la talpa – insomma, la fonte – voleva a tutti i costi farmi conoscere l'andazzo, il sistema, il metodo attraverso il quale le liste di attesa si gonfiano a dismisura di vite, e vittime, trasformandosi in mesi di attesa e angoscia.

Deve vederlo con gli occhi suoi, dotto', se no poi mica ci crede. Più di ogni altra cosa volevano che vedessi all'opera – proprio io, di persona – gli attori protagonisti della farsa nel momento della comunicazione ufficiale, nel momento in cui ti dicono quale sarà la data sul calendario; il giorno dell'operazione, cioè.

Parlo dello sgomento sul viso di chi doveva affrontare la lunga attesa, e negli occhi dei familiari, degli affetti; dalle vuote parole (...) al pianto. Alle lacrime lo specialista, il luminare, risponde con un'alzata di spalle, con un allargare le braccia, con quei farisaici *che vuole che le dica signora mia, fosse per me... Noi facciamo del nostro meglio.* Parole ipocrite e meschine, solidarietà pelosa, impunita consapevolezza di mentire per interesse, lucro, menefreghismo.

...E sì che questa gente dovrebbe aver fatto un giuramento, come ogni medico dopo Ippocrate da duemila anni. Penso alla vanità di quella formuletta mandata a memoria, e a quello che vi dicevo prima di Alessandra Dolci, PM a Milano. Lei il suo giuramento non lo tradirà mai, a costo della vita se occorre. Qui ci sono baroni che il proprio giuramento lo calpestano, a costo della vita sì, ma quella degli altri.

Il ronzio mi tortura, copre il motore della moto, e porta con sé altri ricordi. Parlo di questi poveri cristi che iniziano a telefonare a mezzo mondo, e magari una telefonata se non allunga la vita abbrevia la sofferenza sì, ma è solo un altro atto della farsa, solo un'altra tessera del mosaico. Magari la chiamata al primario ottiene di anticipare la data dell'operazione, ma solo di qualche giorno, in modo che sembri utile ma in realtà non turbi lo scorrere preordinato del copione, giù fino ad arrivare allo scacco matto. Alla mossa finale.

È lì che mi sono fermato, quella era la tessera che mancava per completare il puzzle, per fare bingo. La cosa che – se ci fossi riuscito a dimostrarla – mi avrebbe fatto fare lo scoop di tutta una vita. Non sono riuscito a dimostrare l'esistenza del vero *deus ex machina*, né a beccarne, a incastrarne neppure uno.

Quello che interviene a tempo debito per far quadrare tutto, per scrollare l'albero dai frutti maturi. Il risolutore, l'uomo giusto al momento giusto insomma, sì dai, il gancio. Il triangolatore. È lui che si avvicina per primo a chi ha passato un guaio e prova a fargli una carezza. È lui, quello che cerca di prendersi l'anima.

Lamezia, è la mia uscita, ci siamo quasi... ma se non faccio benzina mica ci arrivo, a Catanzaro.

IL COLORE DELLA MORTE

Gli ultimi trenta chilometri, un'altra statale, la 280. Non sembra neppure lo stesso paese, dalla statale; quando sei in autostrada – persino l'autostrada più scalcinata, o quelle che autostrade non dovrebbero essere, penso al passo della Cisa, tra Emilia e Liguria, o ai Giovi che scendono da Milano al mare come un ottovolante – è tutto più asettico. Guardrail e scritte sull'asfalto – al contrario, mai capito perché – autogrill e paesini come presepi, sui colli, qualche volta un gruppo di pini marittimi che ti corre incontro.

C'è un sacco di tempo per pensare, in autostrada, e capita che stai percorrendo la strada sul tuo senso di marcia, che è notte e fa freddo; non importa se sei in moto o in auto, se stai da solo alla guida o assieme ad altre persone, sai solo che quella è la strada che hai voluto percorrere, che non avresti mai preso una scorciatoia, magari meno affollata ma più sicura. Sai solo che la vuoi attraversare fino in fondo, che non avrebbe senso rallentare e fare inversione, magari tornare indietro alla ricerca di qualcosa che ti sei messo irrimediabilmente alle spalle.

Capita che mentre sei in strada, avvisti un punto luminoso, lì nella notte, capisci che è un altro veicolo che ti viene incontro, che diventa sempre più grande ai tuoi occhi, tanto che cominci a riflettere. E ad avere paura. Se fai il mio lavoro, se sai di aver ogni tanto pestato piedi importanti, se sai di essere uno che non fa sconti, né complimenti, il pensiero a volte ti viene.

Pensi: chi ci sarà, mo', su quell'auto? Che cazzo ci fa in giro a quest'ora, quando sulla strada ci sono solo i lattai, i padroncini che portano i giornali, e i solitari come me? Te la fai sotto, magari, e ti viene ancora più freddo.

Poi, quando i fari ti sfrecciano a fianco e in un attimo diventano due scie rosse che svaniscono in senso opposto al tuo, ti senti pure un po' cretino. I brividi restano, però, e così i dubbi: ma non bastano quelli a farti decelerare, non sono un motivo buono abbastanza per cambiare il senso di marcia.

Dal Paradiso, Catanzaro dev'essere bellissima. Vescovato, Castello, San Trifone: sono i tre colli su cui appoggia la città vecchia, e un Paradiso qui c'era davvero, tempo fa. Era il quartiere da cui prese il via la rivolta anti-borbonica del 1461, repressa con tale durezza che quel rione, oggi, si chiama Case Arse. Cambiato il nome, ma non il panorama: da qui si gode la vista sull'antico porto dei Feaci, dove attraccò Ulisse, e il punto dove Jonio e Tirreno sono separati da una lingua di terra tanto sottile che sembra una metafora del vivere quaggiù: sempre in equilibrio, sempre sul limite tra bianco e nero, bene e male, disperazione e coraggio. *Sanguinis mortisque colores gestamus*, portiamo il colore del sangue e della morte: era il motto della *Brigata Catanzaro*, unità solo di calabresi cuore dell'Esercito nella prima guerra mondiale. Oggi non è tanto diverso: ci vuole cuore, e fegato, per campare quaggiù da brave persone.

Giù al Lido, Catanzaro sembra tanti altri posti: alti condomini anonimi, viali ampi e monotoni, palme, negozi senza troppe pretese. Il mare d'inverno è uguale dappertutto, con i chioschi sprangati e le alghe sulla spiaggia battuta dallo scirocco che qui no, non manca mai: può essere peggio di Chicago, Catanzaro, e non solo quanto a vento.

Il Palazzo di Giustizia somiglia di più invece a un hotel di Las Vegas, con il suo ingresso sormontato da un'incongrua piramide e dietro, come bodyguard, i due palazzi color salmone degli uffici.

Io non faccio dieci metri senza macchina blindata, mi dice Nicola Gratteri non appena siamo da soli, *quindi sarei uno agli arresti domiciliari, o peggio. Più ti proteggono, più ti isolano, però, tanto che ormai sovente parlo a me stesso. Eppure, nel profondo ho una certezza: non basta. Servirebbero invece un paio di accorgimenti per rendere le inchieste più spedite e i processi più efficaci; pochi investimenti per abbattere i costi delle intercettazioni, o per restituire alla società i beni mafiosi sequestrati e messi a marcire.*

Non me lo ha detto solo lui, è un refrain che ritorna nelle parole di Catello Maresca, di Alessandra Dolci, di Lucia Lotti. Riesco quasi a vederla sulla sua duna, la dottoressa Lotti mentre un'ultima volta, prima di partire, si sofferma a odorare le ginestre selvatiche. E nemmeno a farlo apposta, tra pochi minuti Nicola Gratteri mi dirà che sente ancora di avere una vita privata – ma forse intende proprio una vita, tout court – solo quando sta la mattina a zappare nell'orto, quando sta in mezzo alle galline. Come se la natura, le cose semplici fossero l'unico antidoto a tutto l'orrore, allo *schifio*, alla guerra.

Se s'insegnasse la bellezza alla gente, la si fornirebbe di un'arma contro la rassegnazione, la paura, l'omertà.

Questo non l'ha detto Gratteri, sono parole di Peppino Impastato. Persone diverse ma, in fondo, lo stesso cuore, lo stesso fegato. La stessa battaglia.

Mi sorprendo a pensare a Cincinnato, che poteva avere i palazzi di Roma, gli sarebbe bastato allungare una mano: e non appena ebbe compiuto il suo dovere, invece, tornò di corsa ai suoi campi. Come Nicola Gratteri tra le galline, come Lucia Lotti sulla sua duna fiorita, come Alessandra Dolci.

La storia ricorre, diceva Vico – nativo di Nola, Terra dei Fuochi – ed è così per davvero. L'Impero Romano e la Magna Grecia, Cincinnato e Dioniso, una striscia di territorio da Bolzano ad Agrigento, le cui genti sono state padrone del Mediterraneo, dei confini stessi del mondo conosciuto. E oggi che non si riesce neppure a mettere ordine dentro casa, a debellare questo cancro, a tagliare tutte le teste del mostro, l'unico rifugio è la storia stessa, la gloria, la bellezza. A volte serve, certe volte è necessario, è imprescindibile: bisogna ricaricare le batterie, prima di tornare sul campo. È come mettere in carica il laptop dopo aver chiuso l'inchiesta del secolo, e andarsene a fare un giro in moto, senza telefono, senza nessuno. Senza pensieri, almeno per un po'.

A proposito d'inchiesta del secolo, c'ero andato vicino, sapete? Ma sì, quello di cui vi stavo raccontando poco fa. Il complice in ospedale, l'insistenza a farmi toccare con mano. Così me ne stavo lì con una sorta di pettorina bianca – un camice da infermiere, di quelli a doppiopetto – a metà tra il timore di essere scoperto (non tanto per le conseguenze, mi seccava di più la figura di merda) e il dubbio di aver buttato una giornata, lì a vagare per il reparto senza aver visto nulla che non sapessi già, e che non potesse trovare agevolmente un alibi, o una spiegazione in caso di domande.

Avevo appena deciso di lasciar perdere tutto, di smontare e andare via, e mi stavo rivestendo. Lo spogliatoio era una sorta di stanzino, giusto attiguo alle sale che vengono usate da medici e amministrativi per le prime visite e per immagazzinare al computer alcuni dati. Stavo armeggiando con quei dannati bottoni, lo ricordo come stesse succedendo ora, quando ho sentito entrare in azione il triangolatore: l'uomo che stavo cercando, il pezzo mancante per chiudere la mia inchiesta.

Parlava con un parente, il fratello credo, di una donna che aspettava un intervento di asportazione al seno… e sembrava convincente, cazzo, persino brillante. Un fenomeno, un autentico mostro, una recitazione perfetta, credibile senza sbavature: pareva De Niro. Dalla voce non riuscivo a riconoscerlo, ma si capiva che era un amministrativo, una specie di supervisore; uno che cuciva le esigenze professionali dei medici con le emergenze di laboratorio.

Quindi eccolo, il copione che aspettavo, proprio

quando avevo rinunciato, proprio quando stavo mandando a fanculo tutta la storia, senza volere mi ero trovato in mano la matta. Stavo ascoltando le parole esatte che mi servivano a chiudere il cerchio, la conferma che dava forza alla mia inchiesta sui tumori:

La ricevo solo perché è stato lei a chiedermi un appuntamento, diceva Mefistofele da dietro la paratia, *e ci incontriamo solo ora perché il Professore non ama questo tipo di colloqui. Sì, lo so, abbiamo amici in comune e me li saluti affettuosamente, gli dica che come sempre, quando posso, cerco mettermi a disposizione. Le spiego subito, anzi: mi spiego subito, perché io qui, vede, non ho nulla da insegnare; tra un paio di anni vado in pensione, sa, e spero di arrivarci sano e salvo, dopo tutto quello che mi tocca vedere qui dentro.*

Dunque, come le ha detto il Professore, ci vogliono almeno quattro mesi, no, non sappiamo cosa può accadere in quattro mesi no, per carità, come possiamo sapere se il male va avanti, certo è un peccato, con tutte le chemio che ha fatto sua sorella, abbiamo comunque il dovere di essere fiduciosi e cautamente ottimisti. Ma no, la prego, non pianga, anzi faccia pure, capisco la situazione, umanamente parlando sappiamo che si prova, poi – lo dico pensando alle parole del Professore – qui tutti i pazienti sono uguali.

Non era finita, tutt'altro, si capiva anzi che era proprio il momento clou, quello in cui mesi e mesi di preparazione e di malversazioni vanno finalmente a boccino.

Era in arrivo la zampata, il colpo di grazia. Io ero rimasto in apnea, nell'altro stanzino, sospeso tra la paura di essere sgamato, con il camice sbottonato a metà e i jeans infilati alla bell'e meglio, praticamente in mutande.

Prima che quanto sentivo arrivare dall'altra stanza mi raggelasse – e dico letteralmente, come in un fumetto avevo fatto appena in tempo ad afferrare il cellulare per azzerare la suoneria. L'idea era quella di registrare il tutto, in effetti, ma non ero riuscito a trovare la dannata app, il tasto da premere. Avrei dato non so cosa, in quel momento, pur di riuscire ad immagazzinare quella voce, quel discorso molle e affettato, e la richiesta che ormai si sentiva già incombere nell'aria, quella che da lì a poco sarebbe seguita.

Ma niente, andò già bene che il telefono non volò in terra svegliando anche i morti, le uniche cose che riuscii a trovare furono il tasto del volume e l'icona della fotocamera.

Premerla fu quasi un gesto istintivo, a pensarci ora, fatto in modo casuale quando capii che non sarei riuscito a registrare; avevo paura di premere il tasto sbagliato e magari far partire una canzone, Youtube, una vecchia intervista.

Maledetti cosi moderni, pensai, rimpiangendo il mio fedele registratore tascabile, mentre compulsivamente scattavo foto allo specchio che rifletteva una parte della segreteria. Ne feci forse trenta, di foto, trenta nitidissimi inutili scatti di una scrivania, un computer, un tizio in lacrime (ha la mano sul viso, e non lo si riconosce) e del braccio di un misterioso interlocutore in piedi davanti a lui – il faccendiere, il triangolatore – che stringe nella mano destra una cartellina plastificata. È senza spalle e testa però – lo specchio non era grande abbastanza – e questo rende il mio scatto una prova quanto meno discutibile.

Se almeno le foto potessero parlare! Se avessero l'audio, intendo. Le tengo ancora, comunque, quelle istantanee: e non solo, a volte me le vado pure a riguardare, in quei giorni in cui penso che potrei andare avanti con l'inchiesta, anche se non credo di avere gli appigli per difenderla fino in fondo.

Già quello stesso giorno, a lungo dopo essere uscito dal mio temporaneo carcere, finalmente rivestito ma con in mano poco più di un pugno di mosche, pensai che messa su un giornale la storia che avevo ascoltato quel pomeriggio avrebbe fatto comunque il botto. Sì, ma che prove avevo? Mani sul viso, altre mani che reggono una cartellina. Già la cartellina: l'avete vista nella foto, l'avete guardata bene? È bianca, con al centro il logo a forma di rossetto, mi pare. Mai visto prima di allora, però, quel logo. Sarà di un'azienda farmaceutica?

Meglio non pensarci, adesso, se no – ci scommetto – torna il ronzio, e divento scemo. Il mio interlocutore ha finito di parlare al telefono, stava dettando degli appunti sul pericolo di fuga di un indagato, mi pareva di origliare; è per quello che mi sono estraniato a pensare a quel pomeriggio, a quell'altro dialogo.

Quella è gente che non scappa, però, gente che se ne sta annidata nel proprio bozzolo, al sicuro, le spalle coperte. Ad ascoltare le vite degli altri, spiarle dal buco della serratura, seduti comodi aspettando il momento buono. O brutto, dipende dai punti di vista. Sono come avvoltoi, questa gente, come uccelli del malaugurio, peggiori delle malattie su cui lucrano.

Chissà se arriveremo a vedere il giorno in cui si estingueranno? Magari noi no, magari i nostri figli, nostri si fa per dire. Magari la prossima generazione, se non noi.

Mi dice, Gratteri, che il momento più bello del suo lavoro è quando fa l'educatore, a scuola, di fronte a ragazzi che all'inizio lo guardano come se fosse un marziano. *Però ho il riscontro,* aggiunge, *che queste cose servono; ce l'ho perché incontro adesso gente – magistrati, avvocati, direttori di carcere, commissari di Polizia – che mi dicono "Dottore, io ho scelto di fare giurisprudenza, ho scelto di fare questo lavoro quando lei è venuto a scuola dieci anni fa, quindici anni fa". Quando in classe gli parli e vedi che quelli si mettono a ragionare tu stai già vincendo, hai già recuperato un ragazzo.*

I ragazzi nelle scuole, mi dirà Alessandra Dolci, *spesso non sanno chi sia Falcone, o Borsellino. È un problema di cultura, e chi non sa, poi, non riesce a vedere. Quando però a questi ragazzi parlo e vedo in loro interesse, ancora purezza e ingenuità, quella passione che li porta a credere in certi valori; quando li sento dire "andate avanti così" o "anch'io da grande vorrei fare il magistrato, il poliziotto" è allora che più che mai mi sento orgogliosa di quello che faccio. È per loro che facciamo tutto quello che facciamo,* mi dirà.

Sono loro che danno un senso al nostro lavoro, che danno un senso a tutto quanto.

ANONIMO NAPOLETANO

Il lungomare di Catanzaro Lido sfuma alle mie spalle, e questa volta sì, ho il giubbotto semiaperto. Lo scirocco sale dall'Africa e infuoca il litorale, è novembre ma pare ancora estate. Sta facendo umido, però, e non sono più un ragazzino. Non mi lamento, sia chiaro, la forma è buona. Ogni tanto perdo colpi però, ad esempio su quella faccenda del periodo di formazione sulla sicurezza informatica.

Dal dieci al venti ottobre ha detto il collega, e sarà pure, ma mi venga un colpo se me ne sono accorto. Immagino che come al solito avrò dato una generica adesione via mail, senza minimamente capire che stavo facendo.

Dal dieci al venti ottobre sono undici giorni, però, e sai quante chiacchiere inutili sono state registrate dalle nostre utenze? Io manco mi ricordo se c'ero, figurarsi se so di che ho parlato. Sono tranquillo, però: è da anni ormai che sono cauto al telefono, specie quando mi trovo nella mia postazione di lavoro. A dirla tutta seguo sempre la stessa linea, così non sbaglio. Mi sono sempre detto che il *detto* è intercettato, punto, e il *fatto* è potenzialmente intercettabile.

E siccome tutto quello che dico e faccio, alla fine, è ipoteticamente captato da qualcuno, cerco di stare abbastanza attento a dire o fare una cosa, così non corro il rischio di fare stronzate e di finire in qualche bordello.

Da questo punto di vista sono un calvinista, non sbaglio quasi mai. Ho detto quasi, esatto: in passato una cazzata l'ho fatta, e bella grossa.

Andò così: ero riuscito ad ottenere un'intervista con un boss della camorra, fresco di scarcerazione dopo un lungo periodo di detenzione. Era un soggetto molto particolare, diverso dal cliché classico del camorrista napoletano; questo era uno che aveva studiato e si era emancipato, e aveva idee politiche molto forti. L'intervista durò almeno un paio di ore: quel tizio era magnetico, un dannato prestigiatore: riusciva a non farmi parlare senza che quasi me ne accorgessi, a non farsi chiedere quello cui non voleva rispondere. E per buona misura, riusciva sempre a orientare il discorso dove voleva lui.

Alla fine, nel pieno del nostro ragionamento sulle indagini della magistratura napoletana e forse nel tentativo di strappare un titolo forte per il mio giornale, feci al boss il nome dei due PM titolari delle indagini, gli stessi che da lì a poco – allora non potevamo saperlo, e certo meno io di lui – lo avrebbero arrestato per l'ennesima volta.

Neanche ricordo bene cosa dissi, ma di sicuro usai un tono irridente nel pronunciare il nome dei due pubblici ministeri, quasi come se avessi voluto assumere e sposare il punto di vista della persona intervistata: l'errore più grave per qualsiasi giornalista, e a maggior ragione per chi faccia quello che faccio io. Ancora di più in quella circostanza, poi, considerato che il mio intervistato era un camorrista, un delinquente. Un assassino.

Fatto sta, che più avanti ritrovai le mie parole nelle carte depositate dalla Procura per sostenere l'arresto e capii per quale motivo uno dei magistrati che seguiva il caso – da lì e per parecchio tempo, forse mesi – a stento mi rivolgeva la parola. Ogni volta che lo incontravo, volevo sprofondare.

Fu da allora che capii quanto convenga stare attenti ai telefoni e alle cose che in genere si dice; non dico che si debba usare un linguaggio cifrato o altre cazzate del genere, ma soltanto che bisogna dare per scontato che tutto ciò che ci diciamo in un modo o nell'altro può finire tra le pagine di un fascicolo giudiziario. Quindi, tanto vale sembrare onesti, oltre che esserlo.

Certo però che mi ci voleva, questo viaggio. In sella a una moto, con l'aria in faccia, quante sono le cose che ti tornano in mente. Il cervello vaga da una cosa all'altra, da un decennio a quello prima – o quello dopo – tanto che spesso perdi il filo del ragionamento.

Per dire, questa cosa dell'intervista al boss è storia di almeno quindici anni fa, le guerre puniche praticamente.

Che periodo però, quello. Ero come un polo d'attrazione, allora, un ago magnetico per tutta una certa

Napoli, quella dei clan e dei boss emergenti, dei narcos e dei latitanti: erano loro, il più delle volte, a cercarmi; loro, che tentavano di stabilire un contatto con me e il giornale sui cui scrivevo.

In un certo senso, era emozionante. In me si agitavano un misto di senso civico – lo sdegno, la ferma denuncia per quello che mi capitava attorno, per gli attentati stragisti che alla fine degli anni Novanta mi toccava raccontare – e di quella vena egocentrica, quasi esibizionistica che a quanto pare è un mio carattere distintivo, se oltre che la mia ex moglie se n'è accorto anche l'ultimo dei miei colleghi!

Era eccitante, essere considerato quello da contattare, il tramite attraverso il quale una storia finiva sotto ai riflettori, sulle pagine giuste, nei discorsi fatti nei luoghi che contavano.

Era pure, quello stesso, il periodo in cui fui sistematicamente bersagliato da un pazzo, uno psicopatico: uno che agiva nell'ombra e si firmava "anonimo napoletano". È come se le avessi avanti adesso, quelle lettere scritte a stampatello che mi spediva ogni settimana.

Era un appuntamento fisso, il nostro, che però è poi svanito nel nulla, come certi amori nati in una stazione in autunno, o al mare. Non gradualmente come nei rapporti seri bensì, coerentemente con tutto il suo sviluppo, in un puf! Fu così che, da un giorno all'altro, l'anonimo napoletano sparì.

Non he ho mai più saputo nulla, non che all'epoca ne sapessi molto, ma ancora adesso mi capita spesso di chiedermi che fine abbia fatto, e che diavolo volesse da me; se mi avesse scelto a caso, come un maniaco da giardinetti elegge a vittima designata la prima che passa, o invece su basi solide, e dopo attenta valutazione dei miei meriti o demeriti, come farebbe qualsiasi serial killer rispettabile.

Che storia, comunque, a volte penso che capitino tutte a me… devo avercele ancora, le sue lettere, e credo anche di sapere dove stanno.

È come stare chiusi in una gabbia, in una scatola, mi ha detto Nicola Gratteri mentre mi salutava, sulla porta del suo ufficio bunker alla Procura di Catanzaro, *però io sono libero dentro.* Lo ha detto con un sorriso stirato ma sincero, picchiettandosi la fronte con l'indice, a significare che è la testa che comanda, che decide. *Quando uno è convinto di essere nel giusto, allora è disposto a modificare abitudini. A modificare tutto.*

Mi torna in mente il *dead man walking* di Palmi, Gaetano Saffioti, che non può uscire dal solo cantiere – tra i molti che ha in tutta Europa – dove non si lavora. *Eppure è solo da quando ho denunciato che sono davvero libero, dice.*

Mi torna in mente Lucia Lotti, che a Gela viveva in caserma, come un carabiniere; come un soldato, per riprendere la metafora cara ad Alessandra Dolci. Anche il dottor Cafiero De Raho vive in caserma, in quella Reggio Calabria dove è Procuratore della Repubblica dopo gli anni napoletani; è lì che sto andando, ora, e in questo caso più che un incontro è quasi una rimpatriata.

Conosco Federico Cafiero De Raho da anni e sono, se così si può dire, un suo fan. Lo seguo da quando ero all'università e lui – che all'epoca era PM a Napoli – conduceva le principali inchieste sulla camorra e sui suoi intrecci con la politica cittadina.

Erano gli anni Novanta, un momento storico che difficilmente chi fa questo mestiere – chi a qualunque titolo si occupi di legalità, di giustizia – potrà dimenticare. Gli anni di Tangentopoli, delle mazzette annegate negli sciacquoni, degli arresti, del "tintinnar di manette"... è questo, che si ricordano gli italiani. Per noi è diverso, però; sui giornali a Napoli non c'era solo Tangentopoli. C'era la guerra, a Napoli.

Le faide di camorra, in quegli anni di piombo, arrivavano fin dentro i palazzi istituzionali. Ricordo che prima di entrare all'università restavo interi quarti d'ora all'esterno dell'edicola a leggere i titoli e "rubare" la rassegna stampa, una sorta di praticantato mariolesco, a sentire il giornalaio, e non retribuito – dal *mio* punto di vista... ma raramente il praticantato lo è, come avrei avuto modo di scoprire più avanti – che mi consentiva comunque di stare sempre al passo delle vicende che Napoli attraversava in quel periodo tumultuoso.

C'erano spesso arresti eccellenti – le tangenti c'erano anche qui, ovvio – indagati di spicco, richieste di arresto spedite alla Camera dei Deputati con una frequenza sconcertante. E i giornali, ancora e sempre i giornali, che sparavano nella massima impunità titoli di apertura dirompenti, al limite dello scandalistico.

Ogni titolone valeva migliaia di copie, e personalmente sono rimasto particolarmente affezionato a quel "La retata" gridato in prima pagina da *Ultimissime*, la gloriosa edizione notturna de *Il Giornale di Napoli*, che proprio in quegli anni fece il botto.

Altro che internet, allora, altro che aggiornamenti on line direttamente sul cellulare, o *breaking news* alla fermata del pullman. E il *Roma*? Ricordo un titolo non meno eclatante, ne ricordo persino il lettering perché per anni l'ho rivisto ogni volta che sono entrato nella stanza del mio primo direttore, che lo teneva alle spalle della poltrona come un trofeo di caccia, manco fosse stato un cervo o un leone impagliato. C'era una sola parola in quel titolo, "Giudicateli", come una sentenza sopra alla foto del sindaco e degli esponenti della giunta che la notte prima erano stati arrestati.

Poco importa, o poco importava, vista la fame di notizie e la voglia di rottura di quel periodo che da lì a qualche anno – chi per un motivo, chi per un altro – quegli uomini sarebbero stati assolti tutti, sin dal primo grado di giudizio.

Giudicateli, appunto.

Una parola sola, ma indelebile nella storia contemporanea di Napoli.

QUESTI FANTASMI

Quella là sotto, invece, è Reggio Calabria. Le sensazioni che si provano arrivandoci possono essere contrastanti, dipende anzitutto da perché ci vai, e da dove provieni. A chi abbia affrontato i meandri dell'eterna incompiuta, la Salerno - Reggio, il trovarsi sull'ultimo viadotto spalanca il cuore; da lì si gode la vista sul tratto finale della Costa Viola e la Sicilia è così vicina che pare di toccarla, tanto che bisogna stare attenti a non volare di sotto, come un novello Icaro… tanto più che lo svincolo – una curva quasi a gomito, in forte pendenza – è piuttosto impegnativo.

Sono quasi tremila anni, che Reggio sta lì, e in passato è stata tra le metropoli della Magna Grecia, e poi dell'Impero Bizantino. Ha mura greche, terme romane, architetture arabe, un castello spagnolo; dopo il grande terre-maremoto del 1908, il centro storico è stato ricostruito in un liberty che non stonerebbe a Parigi e ciò confonde ancora di più, su quale sia la vera anima di questo posto. È la città della fata morgana, Reggio, un particolare tipo di miraggio che attirava i marinai sugli scogli e che, dicono, fa vedere i castelli in aria; se aggiungete il fatto che persino in questa stagione l'aria del lungomare è satura del profumo dei fiori esotici e del bergamotto, dello iodio e del cibo di strada; se ci aggiungete il fatto che il Palazzo di Giustizia, da lontano, è praticamente il gemello di quello di Milano reso indelebile da Tangentopoli capirete perché, scendendo dalla moto, mi senta come dopo una sbronza.

Prima di Reggio Calabria, Napoli; e poi Caserta, penso mentre salgo le scale verso l'ufficio di Federico Cafiero De Raho. Le terre di Gomorra, persino lui le chiama così. Con i suoi colleghi Francesco Greco, Franco Roberti e Lucio Di Pietro, fu proprio lui a dare inizio alle indagini sui casalesi.

Ricordate *Spartacus*? Certo che lo ricordate: *Cicciotto 'e Mezzanotte*, e Iovine, e *Sandokan* Schiavone. Oltre duecento udienze per arrivare a una sentenza di primo grado, era il settembre del 2005, la cui lettura cadde in un clima di assoluta indifferenza – come se non contasse nulla, come fosse uno scherzo – nel silenzio più assordante. Sembra quasi che mi legga nel pensiero, e magari è così, perché la prima frase che gli sento pronunciare quando mi vede sembra la continuazione del mio ricordo.

Lo senti questo silenzio? dice, piano, come se parlasse da solo, o con un altro sé. *Io sì, lo sento, è un uragano, qualcosa che basta da solo a spingerti ad andare avanti. Il loro silenzio, i miei ricordi, quasi un monologo interiore quotidiano quando alle prime luci dell'alba, in caserma, metto a posto i pensieri e dall'alto guardo il percorso blindato che mi aspetta fino al Palazzo di Giustizia di Reggio, dopo una vita passata a smantellare clan della camorra, tra Napoli e Caserta.*

Sorrido, lo conosco abbastanza bene da immaginare a che sta pensando: Napoli e Caserta nella stessa frase, solo perché sono divise da appena trenta chilometri, solo perché sono due facce della stessa guerra. Eppure sono due poli opposti, Napoli e Caserta: da un lato le mille voci dei Quartieri Spagnoli, dall'altro i silenzi cupi dei casalesi.

Qui a Reggio non pare diverso, quasi come se il caso – quello di Lucia Lotti, di Gela, quello dei Greci: perché qui sì, siamo in Magna Grecia – si divertisse a confondere le idee, a citare se stesso. *Il livello di criminalità che ho trovato in Calabria è lo stesso che trovai quando iniziai a operare sul clan dei casalesi: la stessa violenza, la stessa capacità di controllare il territorio, la stessa paura nella gente. Soprattutto, la stessa omertà.*

Gli stessi silenzi, anche, sussurri che feriscono le orecchie più di un grido, di un'esplosione: *quando chiedevo a qualcuno dei casalesi, rispondeva abbassando la voce, quasi a non farsi sentire. Oggi qui è uguale: chi parla di 'ndrangheta, chi osa pronunciare questo nome, lo fa comunque calando il tono.*

Bisbigli e grida, qui nella punta dello Stivale, e silenzi: tanto che poi ti chiedi se quel qualcuno era davvero lì, se non fosse solo un abbaglio, un'impressione, un miraggio. *Il politico che teniamo sotto, quando entra in quella stanza di quell'associazione culturale non parla mai; mai una parola, neppure una volta. Il suo telefono è monitorato, possiamo captare gli altri, ma lui... è da lì che dobbiamo iniziare, è questo il senso giusto.*

Un senso di marcia ci vuole, in questa città che è comunque una terra di nessuno, come ogni altra frontiera. Qui dove, come mi ha detto Nicola Gratteri, *si sta tutti vicini, gomito a gomito: persone per bene, faccendieri, borderline e 'ndranghetisti.*

Sono persone che si confondono nella società, i capicosca, conferma Cafiero De Raho, *quelli che contano; sono tutti laureati. Così la difficoltà, quaggiù, è proprio capire da che parte stanno le persone.*

A vita è tosta e nisciuno ti aiuta, o meglio ce sta chi t'aiuta, ma 'na vota sola, per poter dire t'aggio aiutato. Poi ti saluta e nun se ne parla più. Non lo ha detto Federico Cafiero De Raho, né Catello Maresca. Di certo non Nicola Gratteri, che napoletano non è.

No, è Eduardo De Filippo, questo. Tra testimoni che sussurrano, miraggi che non parlano, criminali con la laurea confusi tra la folla, falsi amici che ti aiutano solo per poter avere un favore in cambio quando farà più comodo, di un po' di verità si sente davvero il bisogno. *Questi fantasmi* a Reggio Calabria, allora. Solo che qui li chiamano fata morgana.

QUATTRO OTTOBRE

È alle prime luci dell'alba – mi ha detto il procuratore di Reggio – *che riordino i pensieri.* Quanto a me, il più delle volte a quell'ora sono a malapena cosciente. Non so da quanti anni sia, ormai, che non mi sveglio all'alba: ricordo quando facevo le prime cose da cronista di nera in un vecchio giornale napoletano, un quotidiano cittadino di quelli che strillano le notizie di cronaca.

Allora sì, mi svegliavo presto, prestissimo, soprattutto per controllare cosa era uscito sugli altri giornali, quelli più forti e *accorsati,* solo per stringere tra le mani la mazzetta di carta e inchiostro che mi consegnava l'edicolante.

Avevo il batticuore, quando sfogliavo le pagine della cronaca, e specie quando si trattava di seguire un fatto importante, un omicidio o un'inchiesta più rumorosa delle altre. Gironzolavo fino a tardi, a quell'epoca, con gli amici o con una ragazza, dormivo a malapena – poche ore, quando non pochi minuti – ed era comunque un sonno inquieto anzi, no: impaziente. Alle prime luci, spesso anche prima, saltavo giù dal letto e mi disponevo ad aspettare l'apertura delle edicole.

Siccome a stare fermo non ci riuscivo proprio, per ingannare il tempo iniziai con il running: è allora, che ho preso il vizio. Mi impacchettavo a dovere – con qualsiasi clima e temperatura, persino sotto al diluvio – e mi facevo una mezz'ora di corsa, fino a quando non veniva l'ora di reclamare il mio premio di carta stampata. Quanto mi piaceva, iniziare la giornata così!

Era un rito tutto mio, che però se ci penso bene non dovette passare inosservato... Eccolo qua, ci risiamo. Se vi ci mettete, lo sentite anche voi, ci scommetto, il ronzio. Eccolo che ritorna, riuscite ad avvertirlo, vero? Non c'è verso, non mi lascia in pace neppure quando sono in un'altra dimensione, quella dei ricordi vintage, del passato remoto.

Trovai più di un riferimento a questa mia abitudine nelle lettere che mi spediva l'anonimo napoletano, come se il mio ignoto ammiratore – o avversario, fate voi – si divertisse a spiarmi. Ero stato avvistato incellofanato nel k-way mentre correvo sul lungomare, in una piazza cittadina, in un vicolo di Spaccanapoli; oppure, mi ero fermato a prendere un caffè, una sfogliatella, un succo di frutta nel bar giusto a metà del tragitto tra casa e l'edicola. Avevo la mazzetta dei giornali sotto braccio, ed un giaccone verde militare. Cose così, più da guardone che da verbale della Digos (e comunque non penso fossero loro, a tenermi sott'occhio: se già di me gli frega poco mo', figurarsi quand'ero un cronista in erba), e in ogni caso fastidiose, a lungo andare.

Se allora non ci badavo più di tanto è perché quelle lettere contenevano anche materiale di ben altro spessore, in particolare una serie molto ben documentata di riferimenti incrociati e illazioni sui rapporti in essere tra camorra e il management di diversi ospedali, oppure tra clan e funzionari pubblici incaricati degli appalti.

Quanto alla parte che riguardava il mio assiduo pedinamento, ricordo che feci vedere quelle pagine – opportunamente censurate dai contenuti di denuncia e inchiesta – a un conoscente, investigatore di mestiere. Mi disse di stare tranquillo, e che nove su dieci si trattava dello scherzo di qualche collega al giornale. Poi, come detto, in capo a qualche mese il mio anonimo amico si dileguò, letteralmente, senza lasciare più traccia.

L'avranno ammazzato – pensai all'epoca – o magari arrestato, affari suoi… l'importante è che me lo hanno tolto dalle palle. Chissà che c'era di vero, in ogni caso, in quelle sue teorie del complotto… perché a pensar male, ma di solito ci si piglia. Specie quaggiù, al Sud.

Pensavo fosse un ferrovecchio – questa moto – invece fa il suo dovere persino troppo, e troppo sto accelerando io, finisce che mi ammazzo correndo così. Sono nervoso, e se sto dando tanto gas è per un motivo fin troppo facile da capire, immagino non vi servano spiegazioni. Perché, pure quando mi estranio dal caos di oggi; quando cerco di recuperare una serenità tornando a ritroso nel tempo a quando tutto, anche se erano anni tosti e non avevo una lira, era più facile; quando mi metto a fare l'archeologo di me stesso e torno ad esplorare fatti e cose che avevo quasi del tutto rimosso, ebbene persino in quei momenti – come adesso – non riesco a liberarmi di questo tarlo mentale, del ronzio, dell'ansia.

È qualcosa che gira e rigira mi riporta al presente, alla mia storia attuale, come se fossi su una pista di automobiline radiocomandate, o in un gioco da tavolo… solo che un gioco non è.

Lo svincolo di Buonabitacolo, allora è già Campania, questa. Bene. Da qui saranno centocinquanta chilometri, nemmeno un paio di ore e sono a casa.

VESUVIO

Le carte, i faldoni, i fascicoli; ammonticchiati uno sull'altro a formare pile che sembrano senza fine e negli archivi, sulle scrivanie; uno skyline che è un po' Manhattan e un po' Campo dei Miracoli... e non solo perché le colonne di documenti pendono tutte da uno o dall'altro lato, come tante Torri di Pisa.

Fuori dalla finestra, altri grattacieli; cattedrali di vetri a specchio e maniglie cromate, geometricamente disposte a delimitare un formicaio di colletti bianchi e segretarie, dirigenti, pony-express, pezzi grossi, contabili; e faccendieri, malversatori, funzionari corrotti, squali di ogni tipo, per tutti i gusti, per tutte le stagioni.

È strana, la Procura della Repubblica di Napoli vista da questa stanza, che dentro sembra una biblioteca di un monastero, quasi un sacrario, e fuori dalla finestra, invece, Babilonia. Salvo poi accorgersi che dentro si corre più che lì fuori, e sull'angolo estremo del panorama, laggiù, c'è qualcosa che non è Babilonia né Manhattan, o Dubai, Hong Kong, la City di Londra.

C'è il Vesuvio, là, così vicino che quasi lo puoi toccare; il vulcano che pare sempre sul punto di esplodere – quasi un giorno del Giudizio, e dio solo sa quanto questo posto, in particolare, ne avrebbe bisogno – e se c'è il Vesuvio vuol dire una sola cosa, siamo in un punto preciso della terra. Siamo a Napoli.

Formalmente sono ancora in ferie e dunque dovrei essere in viaggio sulla XT, o al bar che ne so. Ovunque, ma non qui. L'ultima volta che sono stato al Centro Direzionale c'eravate anche voi, e mi viene in mente solo adesso – quel tipo di flash come quando ti ricordi a mezzanotte meno cinque di un compleanno, o cosa eri uscito apposta per comprare quando sei già alla cassa del supermercato, con venti persone dietro – mi torna in mente ora, dicevo, che non li ho mica più sentiti, quelli del gruppo farmaceutico.

Non il grande capo, starà sorseggiando qualche caffè esotico a quest'ora o facendo la manicure, né lei che poi quel giorno, tra una cosa e l'altra, il contratto redatto su misura per le mie esigenze mica me l'ha mostrato, alla fine. Ho visto tanta altra roba, diciamo, ma nulla che fosse scritto in un documento.

Documenti, già; è dietro una colonna di faldoni – di quelli chiusi con il nastrino, che ormai credo esistano solo negli uffici giudiziari – che trovo Catello Maresca, magistrato della DDA di Napoli. Ci conosciamo da tanto tempo, potrei dire che siamo buoni amici. C'è confidenza, in ogni caso, tra noi non c'è bisogno di ossequi o complimenti. Salta i preamboli, infatti, e racconta invece che si è appena imbattuto in qualcosa che gli era sfuggito.

Lo so come vanno le cose, me lo ha spiegato tante volte. Per quanto si faccia, qualcosa può sfuggire sempre: la mole di arretrato è quella, quello l'organico. Sono bravi, quelli come Catello Maresca, a fare in modo che nulla si dilegui definitivamente, come i carteggi del mio anonimo napoletano; a ripassare decine e decine di volte sulla stessa pista, la stessa intercettazione, lo stesso documento finché tutto non trova il suo posto, gli innocenti ottengono giustizia, i colpevoli sono perseguiti.

Non è un lavoro di cinque minuti, però, a prima vista qualcosa può sfuggire: un documento può finire nella cartellina sbagliata, un indizio nascondersi in pieno sole, un nome scivolare in un temporaneo oblio, in attesa di essere ripescato. È come nel gioco delle tre carte lungo il miglio abbondante di Spaccanapoli, come in una di quelle filastrocche che Catello Maresca canta alla più piccola delle sue figlie, quando riesce a tornare a casa in tempo: *Volta la carta, si vede Lucia*. Anche oggi, voltando la carta, ha visto qualcosa.

Una vecchia inchiesta, che stavo per archiviare, mi spiega sventolando una cartellina stropicciata. *Poi, lo sai come succede no? Stavo chiudendo il fascicolo e di colpo salta fuori qualcosa. La vita oltre le carte, una storia che mi stava sfuggendo, il nome di un uomo che mi ha riportato a quindici anni fa, quando ho messo la toga per la prima volta. È la storia di una parte offesa, un commerciante taglieggiato, e che cazzo vuoi archiviare, anzi: va approfondito, devo chiamare i Carabinieri. Ti spiace se ci vediamo un'altra volta?*

No, non mi dispiace o meglio un po' sì, ma lo capisco. Come diceva la mia ex moglie? Quando hai una pista calda vedi solo quella, non hai tempo per nessun altro. Lo capisco, Catello Maresca, altroché: e al posto suo, forse, avrei congedato il visitatore senza nemmeno perdere quei cinque minuti a spiegargli.

Vorrà dire che per oggi faccio ferie davvero, e del resto è meglio che mi riposi un po'. Girare in moto è inebriante, pura libertà, ma alla lunga stanca. Mi aspetta l'ultima tappa del mio viaggio, e lì i chilometri sono tanti, meglio se oggi me lo prendo di relax.

Che poi, relax. Come se riuscissi a staccare il cervello, a spegnere il ronzio.

Però questi giorni mi hanno fatto bene. Ho scritto e registrato molto, ormai sono una sorta di redazione ambulante, e l'incontro con persone al servizio dello Stato è stato prezioso; per il giornalista, ma pure per l'uomo.

Quella che sembrava una mezza pazzia, un'impresa da Don Chisciotte, mi ha fatto invece sentire come Ulisse. Mi ha rimesso in sella, letteralmente, e mi ha lasciato una gran voglia di viaggiare ancora.

Ho capito una cosa, in quest'ultima settimana: non conta ciò che fai, ma come lo fai. Puoi essere un chirurgo e intervenire su un caso disperato con un approccio da impiegato oppure puoi fare il barista dando peso alle persone e alle sfumature che contano, con criterio – diciamo così – da umanista.

Me lo hanno spiegato (anzi, meglio: me lo hanno fatto capire) le persone che ho incontrato finora, già, loro mi hanno scrollato dal torpore. Così adesso, per quanto sacrosanti, i miei dubbi ruotano attorno a una certezza: il senso di marcia, la lotta alla mafia, ogni cosa che davvero importi dipende da noi, e non è geo-grafia. Dipende da quanti chili di anima metti nel fare una cosa, nel tuo lavoro di ogni giorno; da quante volte metti da parte un approccio burocratico per dare spazio al sentimento che ti porti dentro.

Dagli appunti che ho preso magari tirerò fuori un libro di viaggio, tanto io un editore prima o poi lo trovo. Il genere *on the road* funziona sempre già di suo, e poi qui ci sono contenuti importanti, un pezzo di storia di questo paese.

Anche il mio cellulare scoppia di video, immagini, registrazioni; dopo quell'incidente nello stanzino in ospedale mi sono fatto insegnare, sono diventato bravino. Mi sono accorto, anzi, che ero stato bravino pure quell'altra volta; senza volere, ma tant'è... vi racconterò, magari, più avanti.

Il primo giorno, a Gela – sembra un secolo fa, mio dio – ho intervistato pensionati, baristi, bottegai; ho persino registrato il rombo del motore dell'ultima fabbrica rimasta in piedi. Ho continuato pure nei giorni successivi, a sentire la gente comune, è da loro che spesso saltano fuori le vere rivelazioni, le verità più genuine.

Sul lungomare di Reggio ho incontrato un pescatore: con il cane al seguito e un grosso bastone nodoso sembrava più un pecoraio, a dirla tutta, e in ogni caso ha chiesto di essere ripreso in controluce, non si sa mai. Sembrava un'ombra cinese, un pupo siciliano che avesse saltato lo Stretto di Messina.

Mi ha detto che lui teneva in questo tratto di litorale due nasse per le seppie: due si può, è legale, si è affrettato a precisare... chissà quante erano, in realtà. Ne prendeva decine ogni stagione, di seppie, ma da quando c'è il depuratore no, neppure una, mai più. Le sue parole hanno riecheggiato quelle di Gaetano Saffioti, parlava d'altro ovviamente ma la consecutio era identica:

Da quando ho denunciato, qui non ho mai più vinto una gara.

Non è solo una questione di marcia, allora, è anche una questione di tempi: c'è un prima e un dopo, un "da quando" che sparìglia le carte, cambia la prospettiva, l'orizzonte e la vita delle persone. E dietro il da quando, di solito, c'è sempre un nome. Niente cognome, il nome e basta. La mafia.

Il senso di marcia deve portare a ricongiungere il ruolo dello Stato, il nostro ruolo e la nostra funzione con la percezione che i cittadini ne hanno, mi ha detto Lucia Lotti. Lo Stato deve fare lo Stato, cioè e non permettere che siano le cosche a impadronirsi delle sue funzioni.

Sono gli imprenditori lombardi, parola del PM Alessandra Dolci, *che hanno cercato la 'ndrangheta. Sei tu che se vuoi aprire un'attività*, mi ha spiegato Nicola Gratteri, *devi bussare a casa del capobastone*. Milano e Reggio, gli stessi scenari, la stessa gente, gli stessi affari loschi. Impossibile non saperlo, non accorgersene: non serve essere un cronista d'inchiesta, un magistrato, un addetto ai lavori.

Il mio amico pescatore sa che di seppie non ne vedrà più una, è proprio lui a dirmi che *per creare appalti serve la distruzione; nessuno si può ribellare, no, e come facciamo? Qui non ci ascolta nessuno, dev'esserci qualcosa dietro, per forza.*

Ne ho parecchie, d'interviste così, senza filtro, veraci. Pane al pane, vino al vino. E magari oltre al libro ne facciamo saltare fuori pure un docu-film: dovrei cominciare a scaricare sul pc tutto questo materiale, a riordinarlo, a cercare di trovarci un senso logico. Un senso di marcia, anche qui.

Casa, finalmente casa. Mi metto subito all'opera, voglio approfittare dell'adrenalina che il viaggio mi ha messo addosso, della voglia di muovermi che ancora mi è rimasta appiccicata, come un'euforia da primo appuntamento.

Prima, però, devo trovare una cosa: qualcosa che sono convinto di trovare nei miei appunti – quelli del mese o del secondo millennio, chissà – anche se mica l'ho ancora messo a fuoco del tutto, cosa sto cercando, né dove mi spingerà mai questa frenesia ricorrente.

Sto a buon punto però, me lo sento, devo solo unire i puntini nella mia memoria, come sulla *Settimana Enigmistica*; seguire le tracce giuste tra tante, fare chiarezza in mezzo a una montagna di ricordi. Intanto comincio a scaricare le mail che mi sono arrivate in questi giorni, magari ne esce qualcosa di buono, lo spunto giusto.

Resto sbalordito, però, mai capitato di avere zero mail di posta indesiderata; niente spam, niente banner del cazzo. Devo ammetterlo, il sistema adottato dal mio giornale funziona. Tanto di cappello.

È tutto collegato nel *cloud*, la nuvola, io che tra le nuvole al massimo ci tengo la testa ogni tanto, figurarsi la ricevuta di accredito dello stipendio, i comunicati stampa, il calendario della redazione. E, toh guarda lì, anche il mio consenso al periodo di prova del nuovo sistema, io neppure mi ricordavo di averla mai vista, la comunicazione, e invece l'ho pure approvata.

Dal 10 al 20 ottobre, proprio come aveva detto il coglione al telefono. Erano i giorni subito prima che mi mettessi in viaggio, quelli del programma tv e della scopata-premio al sesto piano della *Parthenope*... pensa tu se in un periodo come quello potevo far caso a una cosa del genere.

Comunque vedo che funziona parecchio bene anche il monitoraggio dei telefoni e delle caselle vocali; c'è tutta la lista, con il riscontro di ogni telefonata che ho fatto. Sono i soliti interlocutori, per lo più: qualche collega di giornale, avvocati, magistrati, scassapalle vari; vita privata zero, ovvio, quella si riduce alla mia ex moglie e lei comunica solo per iscritto, via mail. Dice che lo fa perché sono distratto, probabilmente il suo avvocato o qualche fidanzato impiccione di passaggio le ha detto che *scripta manent*, carta canta insomma.

Eccola di nuovo qui, la tipa, ne parlavamo giusto un attimo fa. Sì, questa è proprio quella telefonata, quella con cui mi ha fissato l'appuntamento per farmi vedere la bozza di contratto anche se poi, tra una cosa e l'altra, il contratto c'è passato di mente... diciamo così.

E, tu guarda, mi ha pure richiamato. Ha lasciato un messaggio nella casella vocale, uao, devo aver fatto colpo sul serio. Si scusa se non mi ha ancora fatto pervenire la bozza di accordo, avrebbe però bisogno prima di confrontarsi con me su alcuni dettagli, quindi se quando rientro in città fossi così gentile da...

Eccomi, pronti via! Rientrato sono rientrato, gentile lo posso diventare, se ne vale la pena. Tra un minuto la richiamo, dare un'occhiata a uno dei suoi... contratti è proprio quello che mi ci vuole per allentare un po' di tensione, per ricaricare le pile prima di rimettermi in viaggio.

Sfoglio ancora l'elenco delle telefonate, ma forse avrei fatto meglio a scendere dalla *nuvola* e dedicarmi a qualcosa di più terreno. Richiamare la tipa e vederci, per esempio. Invece continuo a spulciare, e m'imbatto nella primissima conversazione fatta con il suo capo, il mammasantissima del farmaceutico, o se preferite il Clooney del Direzionale.

Così ora ho il batticuore, lo sapete, c'è qualcosa in quella telefonata che non riesco ad afferrare, qualcosa che mi ha tormentato da allora, e per tutto il viaggio. Solo che, fino ad allora, non avevo idea che la telefonata fosse stata registrata, che si potesse riascoltare. Dovrei farlo, e levarmi il pensiero anzi, no: dovrei lasciar perdere e magari dare una ditata su *cancella cronologia*, così risolviamo il problema una volta per tutte.

Dovrei, non dovrei, ma se vuoi, sembra una canzone di Battisti, cazzo. Ed è ripartito il ronzio.

MILANO, SUD

Sono davvero sicuro che la Terra dei Fuochi stia solo qui, tra Napoli e Caserta? Le mafie hanno controllato i rifiuti da sempre, dai tempi di Totò Riina û *curtu*, dai tempi di Antonio Bardellino. A Napoli come in Sicilia, a Roma – *Caput Mundi* – come in Lombardia. Come a Milano, la locomotiva d'Italia.

La munnezza è oro. A dirlo è stato, se prendiamo per verità assolute i titoli dei giornali, un collaboratore di giustizia del clan dei casalesi. Magari invece è una frase inventata, una di quelle citazioni a capocchia come quando si attribuiscono a Benigni i versi della *Divina Commedia*, come quando negli anni Novanta si gonfiavano i titoli fin quasi a farli scoppiare fuori dalla pagina, iperboli create ad arte pur di vendere una copia in più, di sfilare un lettore alla concorrenza.

Meglio non pensarci adesso, in fondo non è importante. O meglio, lo è, ma alla fine è tutta la stessa merda. La mia inchiesta sui tumori, i primari sporchi, i triangolatori, le case farmaceutiche, la *munnezza* e chi se la porta via. Per quanto ci possa mettere della buona volontà, non posso essere io a risolvere tutti i problemi di questo cazzo di paese anche perché, continuando così, ho buone probabilità di finire in un istituto psichiatrico prima di Natale. O al manicomio criminale, se mi prendono i cinque minuti e ammazzo qualcuno.

No, la tipa non l'ho richiamata. Giocheremo un'altra volta, adesso devo levarmi da qui alla svelta. E non solo per gli ottocento chilometri che mi aspettano, roba tosta stavolta, ma perché ho bisogno di stare da solo, sulla strada, senza ronzii, segreterie telefoniche, programmi tv e titoli di giornale.

La testa nel casco – è bellino pure, intonato alla carena della moto; mi leva qualche anno, e comunque anche quaranta non sono mica poi tanti, è giusto goderseli – l'autostrada davanti, direzione Milano. L'ultimo appuntamento della mia agenda, be' almeno per ora, chissà che poi non mi prenda la voglia di andare a farmi due chiacchiere con una banca svizzera. Ah ah... non aspettano che me, immagino.

È nei loro caveau che finiscono i soldi delle mafie, e nei collegi vista Alpi che vanno a svernare i figli dei mafiosi. Poi, da lì, in qualche università figa negli Stati Uniti o in Inghilterra, un master o due, abito di taglio sartoriale, due o tre lingue, e chi li riconosce più. Si sta gomito a gomito, come mi ha detto Gratteri, e senza il minimo sospetto.

Se no, potrei fare un salto in Germania, capace che ormai ci sono più 'ndranghetisti lassù che in Calabria. C'era pure in Gomorra, una scena così, ma spesso la realtà supera in fantasia persino le fiction.

Cominciamo a mangiarci questi ottocento chilometri, va, che un sette-otto ore ci vogliono tutte.

Bruuuum! Oh, questa sì che è musica per le mie orecchie. E vaffanculo!

Milano non è brutta come pensiamo al Sud, e non è neppure immersa nella nebbia. Non obbligatoriamente, almeno. Certo, dalla tangenziale si vedono solo campi grigiastri, qualche fabbrica, distretti commerciali; un paio di cinema multisala, un bowling, i soliti fast food. Ogni tanto, uno di quei luoghi tipici del raggiunto benessere, posti che da noi non si vedono proprio; figurarsi così, buttati con noncuranza ai bordi dell'autostrada: maneggi, aeroporti privati, beauty farm o motel con le stanze a tema. Una volta scesi dalla rampa, liberi dall'asfissiante abbraccio di centinaia di camion, lo scenario cambia radicalmente.

Milano downtown, il centro insomma, è bella ordinata, con i tram arancioni, i taxi bianchi, gli ombrelli dei passanti tutti neri. Le pensiline dei bus sembrano nuove di zecca – al posto dei manifesti, sui lati, hanno schermi LCD – i palazzi sono imponenti, decorati con statue di vergini e giganti e chissà che cazzo d'altro. La gente attraversa sulle strisce, nessuno bussa con il clacson nonostante la coda perenne, i vigili sono garbati, sorridenti, persino eleganti… e ancora mi trovo sui viali periferici, quelli che circondano il centro: anelli concentrici e trasversali tutte uguali, tutte dritte, così che nessuno perda tempo quando deve andare a lavorare.

...E questa sarebbe terra di camorra?

Arrivo sano e salvo all'appuntamento con Alessandra Dolci – sostituto Procuratore della Repubblica qui a Milano – nonostante la città abbia cercato di farmi fuori: tra il pavé reso viscido dalla pioggia, le foglie che piovono dagli alberi sulla carreggiata e i binari del tram, questa sembra non essere una città da motociclisti. Presentazioni di rito, e metto anche lei a parte di quanto sia stata impervia l'ultimissima tratta del mio viaggio.

Mi guarda, sembra soppesare il mio racconto. Difficile che si spinga fin là in fondo, sulla cerchia più esterna dei viali, quelli che sembrano boulevard parigini, quelli che sfiorano la Porta Romana cantata da Gaber, prima di scemare nelle strade più anonime che portano a Famagosta, Lambrate, via Palmanova: le periferie.

Anche quando fin là ci arriva, però, è difficile che si guardi intorno: ne ha smarrito il gusto, mi dice, a non fermarsi mai ha perso un po' il senso della scoperta fine a se stessa, delle piccole cose.

Esco di casa, imbocco la prima a destra e mi ritrovo contro mano. Ma come? – mi chiedo – Quando l'hanno cambiato questo benedetto senso di marcia, quando hanno messo paletti e panchine, possibile che hanno fatto tutto stanotte? No che non lo è, e poi ieri era sabato, e persino a Milano il sabato notte non si lavora. È che a lavorare e basta, ormai, a malapena riconosco l'interno dell'auto blindata, l'ingresso del residence dove abito.

Almeno lei non vive in caserma, mi dico, ma in realtà cambia poi così tanto? Mi dice che non vede l'ora che sia domenica, per andarsene anche solo un'ora in campagna, a prendere il vento in faccia, una boccata d'aria. E fanculo a tutti, dice proprio così.

La campagna di Alessandra Dolci, le galline di Nicola Gratteri, la duna di Lucia Lotti. Piccoli momenti di normalità dei novelli Cincinnato, attimi rubati al lavoro, alla guerra. Innocenti evasioni, ma non dovrebbero starci *gli altri*, in galera? Agli arresti domiciliari, all'ergastolo, al 41 bis? Dovrebbero sì, ma *a da passa' 'a nuttata*. Prima dell'alba, di quell'alba che trova Federico Cafiero De Raho già sveglio in caserma, c'è una guerra da vincere: non è per caso che si definisce un soldato, questa donna che combatte la 'ndrangheta a Milano, che fiuta il marcio dietro ai colletti bianchi.

Sembrano persone normali, gli 'ndranghetisti con la laurea, quelli che sanno cosa fare quando c'è da ripulire soldi sporchi. Persone per bene, mi dicevo, eppure valle a rileggere, quelle intercettazioni.

Chissà quanti lo erano, tra quelli che ho visto attraversare sulle strisce davanti alla XT: occhiali di tartaruga, capelli tagliati di fresco, trench inglese, borsa in cuoio invecchiato… Chissà quanti di loro erano colletti bianchi di quel tipo, manager venduti, faccendieri, intrallazzoni. Gente come il signor Wolf di *Pulp Fiction*, quello che "risolveva problemi". Gente senz'anima, ma bravissima a far i conti, su un registro o nella propria esistenza, a dare un prezzo a tutti, e a tutto un valore in euro. Né bianco, né nero. Solo grisaglia.

Gente che non c'è mica solo a Milano, comunque. Tornato a Napoli mi sono occupato di quell'appuntamento rimasto in sospeso, voi sapete con chi. Mi ha chiamato lei, la zoccola, ha chiesto di incontrarmi. Solo che vi manca un pezzo, la mail in cui li mandavo a fanculo, la tv fatela voi abbiamo scherzato, grazie e arrivederci, e *salutim' 'a sorata*. Liquidati.

Lei ha insistito come una pazza: è un errore, non sai che occasione stai sprecando, lascia che ti spieghi meglio, dobbiamo assolutamente vederci e bla, bla, bla. E alla fine sì, ci siamo visti. Avevo una questione in sospeso, e comunque niente di particolare da fare, per quel pomeriggio

Non sperate nei particolari hard, va be' che non sono un gentiluomo però, via, neppure Tinto Brass. Appuntamento in un albergo un po' fuori, di quelli a ore; quelli in cui gli mostri i documenti tanto per, ma sai benissimo che non li registrano. Anzi, manco li guardano.

Lo abbiamo fatto di nuovo, ma senza tanti romanticismi, più che altro un mix di desiderio e rancore. Lei non ha quasi spiccicato parola, appena un accenno a certe tarantelle che ha nella vita privata, e che tanto ruotano sempre e comunque attorno al rapporto con il suo onnipresente boss.

Adesso riesco a rivedere tutto il film dal *prima*, con lei che cammina, lungo un corridoio kitsch pieno di specchi in cornici dorate, con le pareti di un cazzo di rosso pompeiano e la moquette; un corridoio costruito con i soldi della camorra – e con lo stesso gusto per l'arredamento – e dall'inaugurazione in poi finanziato esclusivamente con i soldi delle zoccole. Quella che camminava innanzi a me, di zoccola, aveva il passo altezzoso e movimenti felini sui tacchi alti, senza calze anche in novembre, il tatuaggio in bella vista. Lo sguardo perso nel vuoto, chissà se ci era venuta o ce l'avevano mandata, lì con me.

Ci siamo dati da fare per un'oretta buona, poche chiacchiere, lei alla fine ha acceso una sigaretta. Le ho confermato che li mollavo, che non accettavo la proposta, qualunque fosse; qualsiasi cosa avesse per me nella sua valigetta, le ho detto, poteva scordarsi che avrei mai fatto quella trasmissione.

Comunque, stavo ripartendo. Sì, per il Sud, a chiudere il mio reportage, nessuna idea di quanto mi ci sarebbe voluto (e non erano cazzi suoi, in ogni caso, anche se questo non glielo ho detto); al ritorno no, niente da fare, avevo altri impegni di lavoro. Non appena finite le ferie e rientrato in redazione, avrei messo mano a un'inchiesta che mi stava a cuore, cui stavo pensando da tempo. Una faccenda esplosiva, avrebbe assorbito tutto il mio tempo.

C'è rimasta male, dice che l'ho delusa, presa in giro… sta come una bufala, è smarrita, non riesce a darsi una spiegazione. Si vede che è abituata ad andare a colpo sicuro, non ha idea di come ci si senta ad essere appesa da un uomo. O, meglio lo sta scoprendo proprio adesso. Non sembra che le piaccia.

Era rimasta impegnata con il suo capo, dice, e ora che gli racconta? Sto per dirle che non me può fregare di meno, ma è come parlare con un pugile suonato, ha gli occhi aperti ma dentro non c'è nulla. Mi sa che di scopare per oggi non se ne parla più, mi faccio una doccia.

Non appena esco con l'asciugamano in vita, s'infila in bagno lei, scivolando come una biscia lungo la parete pur di non avere neppure il minimo contatto. Cazzi suoi, penso, anzi: meglio così. Mi rivesto, voglio andare a pagare e levarmi da qui; tanto, da posti così, si esce sempre separatamente. Avrà una sua etica anche lei, e visto il due di picche che ha beccato oggi immagino che non veda l'ora di rimuovere ogni ricordo del pomeriggio.

A proposito di ricordini… cazzo! Ci penso quando sono giusto a metà del corridoio in stile Profondo Rosso. Meglio se torno indietro e faccio un po' di pulizia: fazzolettini, preservativi, insomma le tracce biologiche, come direbbe un bravo PM. Meglio far sparire tutto, perché in fondo non si sa mai: anche se non ho più mogli a cui qualcuno potrebbe spedire pacchi sorpresa, sempre meglio non andarsi a cercare casini per una scemata.

Il primo condom sta avvolto nel lenzuolo, l'altro lì a terra sulla moquette, accanto al pretenzioso, orrendo comodino. Lei sta ancora sotto la doccia, bene, io mi abbasso, raccatto il coso, faccio per rialzarmi, vedo la sua borsa da lavoro

E becco la scossa.

Resto immobile, per un bel pezzo. Trenta secondi o un anno e mezzo, non lo so. Mi risollevo, poi torno indietro sui miei passi camminando a ritroso, come in un replay. Mi chiudo la porta alle spalle, rifaccio il corridoio velocemente, pago senza aspettare il resto. Il tutto, senza un fiato. Devo uscire da qui.

Incontro una coppia nel garage all'aperto, hanno finito da poco. Lui sulla cinquantina, forse qualcosa in più; lei ha i pantaloni di pelle. Si salutano, lui le dà cinquanta euro, si accende una sigaretta, lascia la struttura. Alberghi a ore.

Me ne vado anch'io non vedo l'ora ma… voi non dite niente? Non l'avete vista la scena? No, che c'entrano quei due, chi se ne frega. Di sopra, dico. La borsa da lavoro. La cartellina che sbuca in bella mostra, bianca, plastificata, con al centro un logo a forma di rossetto. A voi non ricorda qualcosa?

LA LINGUA AMARA

Reggio, finalmente di nuovo a Reggio; prima di ogni altra cosa voglio fare un tuffo. Siamo ai primi di dicembre ma chi se ne accorge? Sole che splende forte, l'acqua è meravigliosa. Ma sì ora mi spoglio e mi tuffo, tanto l'albergo è a due passi. Ci sarà pure la 'ndrangheta da queste parti, ma almeno non hanno problemi con le rapine, lascio la moto incustodita, qui non esistono scippi o microdelinquenza. Mollo la XT accanto al marciapiede, devo solo attraversare la strada, quasi già sento la scossa per il tuffo, per il contatto con l'acqua...

...ma che cazz...!

L'ho fatto, il tuffo, ma il contatto fa male, minchia, un male cane. È che non ho preso l'acqua, ma l'asfalto, mi hanno preso sotto mentre attraversavo. Non riesco a muovermi, non ho neppure idea di quanto tempo sia che sto qua steso a terra. Non sento neppure tanto dolore, adesso, è come scemato, sono più che altro intontito. Oppure morto, magari è per quello che non sento dolore.

Sento gente che urla attorno a me, però, e non sembra esattamente il coro dei cherubini, anzi non è neppure la gente, che grida, ma la sirena dell'ambulanza. Però di gente ce n'è parecchia, da quello che capisco stanno cercando di tenermi cosciente fino all'arrivo in ospedale.

Uno dice che è un miracolo, ma non sembra un prete, più un dottore se mai. Avrebbe anche più senso, mi dico. Nemmeno da mezzo morto riesco a smettere di fare il cazzone.

Qualcuno mi ha salvato, dice un altro, bene così adesso sono in debito con qualcuno, speriamo che non gli serva solo un piccolo favore, tipo nel *Padrino*. Lo vorrei chiedere io, invece un favore, se tutta questa gente vuole che io arrivi vivo e cosciente in ospedale dovrebbero smetter di gridare, o almeno gridare a turno. Sono tutti indaffarati, in gara per il boyscout dell'anno, ma non sembra una scena da film: assomiglia molto di più a decine di altre scene uguali che ho visto vent'anni fa, soprattutto, all'inizio della mia carriera di cronista. Quando ero l'ultimo arrivato e mi mandavano sugli incidenti stradali a inseguire i parenti per una foto e i medici per capire come stava il paziente. Be' ci sono arrivato alla fine: vent'anni di dura gavetta e adesso, finalmente, sono passato dall'altra parte. Questa volta sono io, la notizia.

Le fottutissime breaking news di oggi per la cronaca locale, ecco chi sono! Mi aspetto che da un momento all'altro salti fuori qualche giovane collega con i brufoli, uno che però con lo smartphone sa registrare, fare video, mettere il tutto in tempo reale su youtube e magari fare pure il caffè.

Eccolo, bastava chiamarlo. Cosa? Ma ti sembro un immigrato, razza d'idiota? Secondo te sono arrivato sul lungomare di Reggio direttamente dalla Libia, o via Lampedusa? Se queste sono le giovani leve… mah.

Comunque, da quanto ho capito mi hanno messo sotto, e fin lì c'ero arrivato. Quello che scopro solo adesso è che solo la presenza fortuita di un pescatore ha impedito che anche una seconda auto mi schiacciasse e finisse l'opera. Boh, sto sognando? Sono vivo o morto? E il pescatore, dov'è? Magari è il mio amico delle seppie, ma in tal caso mi sa che se ne starà ben alla larga, da questo bordello e dalle telecamere. Due nasse sono legali, però. Sappiatelo.

Di sicuro, c'è che in mezzo a tutta questa confusione, qui all'Ospedale Bianchi Melacrino Morelli (ma che è? la formazione della Reggina promossa in serie A?) mi sento finalmente sereno, come se avessi messo a posto una volta per tutte alcune cose della mia via.

Sensazione strana per me, la pace dei sensi non è esattamente una costante della mia esistenza. Non vorrei che fosse una sorta del famoso tunnel con una luce in fondo, e che tra cinque secondi partisse il film della mia vita. Insomma, e che cazzo, non sono ancora pronto per crepare, con tutto quello che ho ancora da risolvere.

Fortuna che medici e infermieri sembrano della mia stessa idea, sono la metà di mille che si affannano e corrono avanti e indietro, chi mi misura la pressione, chi mi guarda le pupille, spinge aria nei polmoni, attacca la flebo. Li guardo, devo avere una tal faccia da scemo, in questo momento, ma spero che si capisca che con lo sguardo li sto ringraziando tutti uno a uno; si vede che ce la stanno mettendo tutta.

Il senso di marcia è quanta anima metti in quello che fai, giusto? Be' questa gente direi che è tutta girata dalla parte giusta.

Se devo crepare adesso, in ogni caso, pensavo peggio. È come se la botta che mi hanno dato avesse spento il tarlo – quel fastidio, quel ronzio che mi accompagna dall'inizio di questo racconto – sì, bel lavoro davvero, ben fatto.

Se volevano uccidermi, e magari ci sono pure riusciti, comunque hanno fatto qualcosa di buono. Me ne vado con le idee chiare, finalmente la luce.

No, non *quella* luce. Non sono ancora morto. Volevo dire la luce sul mio caso, è come se la botta – o qualsiasi cosa abbiano infilato i dottori nella flebo – mi avesse infuso una lucidità estrema, affilata come un rasoio, pura razionalità. Se lo segni, dottore, se esco di qui vivo di quelle flebo gliene ordino due casse. Lo è davvero, un miracolo.

Lo sapevo, comunque, l'ho sempre saputo. Dal primo istante ho avuto ragione a nutrire sospetti sul signor pezzo grosso, il Clooney del Direzionale, lui e la sua cazzo di Crudelia Demon.

Non ho fatto in tempo a dirvelo – mentre sfrecciavo sulla XT verso Reggio per farmi un bel bagno – ma la prima cosa che ho fatto arrivando a casa dal mio incontro con la zoccola è stato andarmi a risentire quella telefonata. No, non la sua, quell'altra; quella del suo boss. La prima telefonata, cioè, quella arrivata prima che avessimo il piacere, diciamo, di incontrarci di persona.

Mi è bastato ascoltarla, ma sarebbe bastato anche il tono di voce, pure se avesse letto ad alta voce le Pagine Gialle, per capire che quello era un tipo pericoloso. Mi aveva invitato a prendere un caffè da lui – ai suoi uffici di rappresentanza, li chiamò così, un mezzo grattacielo intero arredato da qualche archi-star del cazzo – perché mi seguiva da anni.

Ci teneva a conoscermi, a incontrarci finalmente faccia a faccia, e poi (pausa studiata) aveva da propormi qualcosa di serio dal punto di vista professionale, molto serio e molto stimolante. Lo trovavo sempre in ufficio, disse, ma no che appuntamento lei è il benvenuto in qualsiasi momento, passi quando le è comodo. Tanto io la mattina sono sempre qui, dopo la mia oretta di running, ah già corre anche lei, vero? Curioso, vede che non siamo poi tanto diversi?

Complimentoso, viscido, sfuggente. Il tono di voce era da brividi eppure ogni volta che riascoltavo la registrazione da capo invece che abituarmici faceva sempre più effetto. Più brividi, più fastidio, quasi un sentirmi sporco anch'io solo perché poi ero andato a stringergli la mano, a bere il suo caffé da stelle Michelin.

Mi tornava in mente Nicola Gratteri, quando battendo con le nocche sul palmo della scrivania raccontava di come chi vuole aprire una nuova attività deve bussare, entrare in casa del mafioso. Solo che in quel caso sei costretto, se non vuoi crepare di fame. Io no, io ce l'ho un lavoro. Se ero entrato in quel dannato grattacielo era stato per ambizione, per egocentrismo, perché l'idea di starmene a pontificare in tv, di farmi chiamare anchor-man, be' sì, mi piaceva. Magari ne esce un qualcosa di soldi, ricordate? Dicevo così, quel giorno, lungo la strada per il Centro Direzionale.

Poi sono rinsavito in tempo, è vero, e li ho mandati a fare in culo. Lui, la zoccola, la trasmissione di approfondimento in tv. Merito della gente di valore, che ho incontrato lungo il mio viaggio, senza dubbio, e magari con tutta quell'aria in faccia sulla moto mi sono pure schiarito un po' le idee.

Comunque me ne stavo lì, appollaiato, a riascoltare quella telefonata. Con il giubbino ancora addosso, e le chiavi di casa in mano, giuro, non ho neppure posato il casco. L'ho ascoltata una volta, due, e una terza. La sapevo a memoria, oramai.

Però alla quarta ho avuto paura. La lingua amara, come mi aveva raccontato una volta Nicola Gratteri. Già, quella stessa esatta sensazione: *Quando ti arriva addosso la paura senti un sapore amaro, come una scossa, sulla lingua.*

Ascoltavo quella cazzo di telefonata, ancora una volta, e proprio nella parte in cui mi blandiva parlando della comune passione per il running ho colto una sfumatura che fino ad allora mi era sfuggita, ma in compenso mi aveva tormentato per tutto il viaggio, che non so quante volte ho cercato dentro di me senza riuscire a trovarla.

Correre è una grande passione, ha detto, per noi come per tanti. E poi: *È che l'ossigeno serve a tutti, abbiamo bisogno di aria pulita.*

Una frase del cazzo, insignificante, una banalità: pronunciata però con una lentezza ricercata, e mirata quasi come se fosse una frase in codice.

Mi sto fissando, dite? E vi manca ancora la parte migliore della storia!

Ho chiamato mia moglie, già proprio mia moglie. Ex moglie, d'accordo, non fate i pignoli. Ansimava, evidentemente aveva altri cazzi per le mani, il fidanzato di turno quella settimana. Non aveva voglia di sentirmi, capita spesso, e non faceva nulla per nasconderlo. Questo è già più strano, di solito tende alla finzione, più che allo scontro aperto.

La faccio breve, dopo un po' che la pregavo (immagino che il tizio fosse in doccia, ormai, o a scrutare l'interno del frigorifero) ho avuto il permesso di richiamarla da lì a dieci minuti. Forse il tipo stava ancora lì a letto, dopotutto.

Alla seconda telefonata era più calma e apparentemente disponibile, in realtà decisa ad approfittare di qualsiasi favore mi servisse per mettere un po' di puntini sulle i. Ha cominciato con una minuziosa lista delle cose che dovevo fare da lì a mille anni: l'Ici, gli assegni di mantenimento, i versamenti per non so cosa, persino il ginecologo. Alla fine, l'ho convinta a stare zitta per mezzo minuto, e a concedermene qualche altro per una piccola ricerca.

A casa nostra – sì, dico ancora casa nostra – in quello che un tempo sarebbe dovuto diventare il mio studio, c'era uno scatolone con articoli di giornale, documenti e fotografie. Tutta roba che stava lì da almeno quindici anni, ma avevo un'idea abbastanza precisa di cosa cercare. Mi mancava solo l'ultimo check, in ogni caso, non mi servivano quelle lettere. Il quadro era chiaro, e se la corrispondenza dell'anonimo napoletano si fosse improvvisamente auto-combusta poco male, le risposte nella mia testa le avevo già.

Alla terza telefonata, mezz'ora più tardi – a quel punto il tipo immagino fosse al bar, da sua moglie, o a far jogging con il mio amico imprenditore che ne so – mia moglie aveva sulle ginocchia un pacco di lettere ingiallite, unite da un grosso elastico verde.

Aprine una a caso, le ho detto, la prima che ti capita. E dimmi cosa noti a prima vista. A sentire lei, a saltare agli occhi erano la firma ("anonimo della camorra", una variante sul tema che ogni tanto il mio amico utilizzava), e alcune frasi sottolineate in giallo: si parlava di clan Contini e clan Misso – alludendo a una sorta di tregua siglata tra due fazioni in guerra almeno fino al 1999 – poi, a scorrere i concetti evidenziati, ce n'era uno che alludeva alla città che doveva cambiare, a Napoli che doveva rigenerarsi: *l'ossigeno serve a tutti, abbiamo bisogno di aria pulita*, appunto. È troppo avanti, la mia ex, l'ho sempre detto. Ha beccato al primo colpo proprio la lettera giusta.

TACCHI ALTI

Quante ore sono passate? Boh. Quanti giorni sono passati? Mah. Di sicuro c'è che sono vivo e, per deduzione logica, che quindi alla fine non sono morto. Sono sempre in ospedale a Reggio, quello con la formazione della Reggina sulla carta intestata, tipo Zoff Gentile Cabrini.

Sono venuti in tanti, in questi giorni, altri hanno telefonato. Il personale è stupendo, mi sorridono tutti, con quella piega di dolcezza che vuol dire un po' "eh, se l'è vista brutta, poveretto". Il peggio, dicono tutti, è passato.

Mi hanno detto che rimarrò ingessato sei mesi, come minimo, ma che sono un miracolato, dov'è che l'ho già sentita? Devo solo pensare a rimettermi.

Vanno via tutti adesso, l'orario di visite è finito e resto solo nel reparto; gli ultimi via vai al di là del vetro divisorio, tra un po' abbasseranno le luci, e finalmente potrò piangere.

È quasi una forma di voyeurismo, sbirciare da dietro questo divisorio, che trasforma le persone in solo piedi e caviglie. L'ultima volta che mi sono trovato in un ospedale c'era un divisorio anche lì e uno specchio che rifletteva figure grottesche, chi aveva solo i gomiti, chi un viso rigato di lacrime, chi un braccio, una mano, una cartellina bianca plastificata.

Però ognuno aveva una sua voce, parlavano; stavano mettendo in scena sempre lo stesso spettacolino, copione collaudatissimo, centinaia di repliche in tutti gli ospedali cittadini.

Qui no, niente dialoghi, solo malleoli, e scarpe, il risvolto di un pantalone, un collant bianco, come li portano le infermiere. Rumore di tacchi alti? Mai vista un'infermiera col tacco a spillo; eppure chi altro potrebbe essere? I visitatori se ne sono andati da un pezzo, qui quando l'orario scade la caposala è capace che ti caccia a pedate, se provi ad attardarti. Sono curioso, ascolto il tacchettio che si avvicina. Avevo ragione, tacchi alti, niente calze.

D'accordo, è Reggio, fa caldo, se non mi avessero tirato sotto stavo andando a farmi il bagno. Però è pur sempre dicembre, è sera tardi. Che coraggio.

Sto per addormentarmi, sento le palpebre farsi pesanti. Di nuovo i tacchi alti, dall'altro capo del corridoio questa volta. Rieccola, bel sandalo; scarpa costosa, si vede.

E... quello? Quando è passata nell'altra direzione non ci avevo fatto caso, e come avrei potuto? Era girato verso la parete opposta, quel tatuaggio, quello sul collo del piede destro, proprio all'attaccatura tra piede e caviglia; genere ti vedo e non ti vedo, sotto al cinturino del sandalo...

Lo stesso punto esatto di… ma no, che vado a pensare? Certo che è strano… E pensare che quando è passata la prima volta – tacchi alti, quel passo flessuoso, senza calze in dicembre – non ci avevo fatto caso. Non avrei potuto, già, ce lo siamo detti. A volte, davvero, è solo questione di senso di marcia.

TITOLI DI CODA

È passato un anno, e sono ancora vivo. Ma, no, non l'ho scritto sul diario come avrebbe fatto il mio amico Catello Maresca.

Per il giornale scrivo sempre meno, alla fine ho accettato una promozione. Sto dietro a una scrivania, come i poliziotti nei telefilm dopo che gli hanno sparato. Non è così male, in fondo: ora faccio desk, passo il mio tempo a fare riunioni dove più che altro, con i colleghi discutiamo del bene e del male. A volte con le maiuscole – il Bene, il Male – altre invece no; del bene e del male, come dire di questo e quello, di cazzate, del quotidiano.

Ho lasciato la casa in affitto, fortuna che non mi ero mai dato la pena di arredarla sul serio. Qualcuno lo avrà già indovinato, sì, c'è sempre qualche romanticone in giro. E questa volta ha ragione: sì, sono tornato con mia moglie, abbiamo persino preso un cane. Alla fine ci siamo riusciti, a essere in tre, e a rischio di sembrare zuccheroso mi sembra un sogno.

Gli affari? A gonfie vele. Anzi, domani, presento il mio primo libro. No, niente romanzo. E che avrei dovuto scrivere, un noir? *La ragazza con il tatuaggio sul piede*? In qualche modo, in realtà, c'entra anche lei; lei e il suo capo, il signor pezzo grosso. Il Clooney tozzo del Direzionale.

Quello che presento domani è un libro inchiesta sulla Terra dei Fuochi e sui tumori a Napoli; su come vengono curati e su cosa accade a tanti poveri cristi.

Ho saputo che c'è già un primario (legato a un gruppo di manager e imprenditori ospedalieri) che ha chiesto – senza ottenerlo – il sequestro del libro. Prima ancora che uscisse, le voci corrono da queste parti…

Comunque, il gola profonda di turno mi ha fatto un favore; e pure messer barone della medicina, uno spot migliore di questo non me lo potevano regalare. Io domani faccio il botto, lo so ne sono certo; loro… be' si fottessero.

Credo sia la prima inchiesta seria sul dietro le quinte di un ospedale. Ed è tutto vero, tutto documentato. Duecento pagine da leggere tutte di fila, roba inedita, mai uscita sui giornali. È oro zecchino, questo libro, altro che la *munnezza* dei casalesi. Il ritmo è incalzante, mozzafiato – ma già lo sapete: io scrivo così – e al centro di tutto stanno quelle famose liste di attesa. Quelle gonfiate dagli sciacalli, quelle dei triangolatori.

Proprio all'inizio del libro c'è una foto, una sorta di frame cinematografico, un fermo immagine. Un po' sgranato sì, ma comunque chiaro. Fin troppo. Si vede un tizio che dietro una scrivania, in un reparto ospedaliero; davanti a sé ha un uomo che piange, la mano sul viso. Sembra disperato. A didascalia, le parole che riuscii – nonostante la mia imbranataggine – a registrare.

Già pensate che – senza saperlo, senza volerlo – di quella scena realizzai un video, anche se per mesi sono stato certo di aver scattato semplicemente delle foto: *Lo dico nel suo interesse, con ventimila euro, il Professore può operare sua sorella anche tra una settimana; altro che quattro mesi di attesa. Sì, va be', il prezzo è alto, mi rendo conto, ma lei ha capito che bisogna pagare gli anestesisti, i tecnici di laboratorio e la clinica privata? No, per gli esami no; non deve spendere un soldo – glielo garantisco – stanno già tutti qui in questa cartellina bianca, sono quelli che le abbiamo fatto in questi giorni. Almeno in questo la sanità pubblica ci viene incontro. Non pianga, su: anche per una famiglia di lavoratori onesti, in fondo, trovare ventimila euro…*

UN NUOVO INIZIO
Catello Maresca

Era il 6 maggio 2008, un giorno indimenticabile per la mia vita. Scendevo dall'ospedale con la mia piccola, mia figlia: una bella neonata di quasi tre chili e mezzo, tutta pimpante e felice di aver finalmente visto la luce e conosciuto il suo papà. Una scena comune, direte!

Sì, ma con una piccola differenza rispetto agli altri milioni e milioni di papà. Quel giorno scendevo tutto fiero col mio porte-enfant e per la prima volta in vita mia m'infilavo in una macchina blindata.

Da quel giorno, la mia vita e quella dei miei splendidi quattro figli non è stata più la stessa.

Colpa mia? In fondo, sì.

La colpa di aver scelto un lavoro infame, e di averlo fatto in un territorio complicato, quello del clan dei casalesi; colpa soprattutto del mio volerlo fare risolutamente – forse persino in modo ostinato – spinto da una fottuta passione, così forte che talvolta acceca.

Quella stessa passione bruciante che ho sempre avuto da piccolo, da quando giocavo in cortile a guardie e ladri. Indovinate da che parte stavo?

Non sono però solo mie, le colpe. Prima ancora, vengono quelle dei miei genitori, che mi hanno cresciuto con principi sani e mi hanno lasciato un senso del rigore senza compromessi, rigido, assoluto. Persino troppo, forse.

Ci sono altri colpevoli, in questa storia: tra loro, i miei maestri e professori. Ricordo ancora la bacchetta di legno del mio maestro alle elementari, mai usata, eppure sempre minacciosamente ben in vista sulla cattedra. Altri tempi, quelli. Altra educazione!

Eppure è stato sempre questo, il mio senso di marcia.

Non so dire di chi sia la colpa, questa volta, oppure – ma sì, diciamolo! – il merito: fatto sta che da allora, da quel 6 maggio, ho dei nuovi amici.

I ragazzi della mia scorta, i militari dei baschi verdi della Guardia di Finanza che accompagnano me e i miei figli in tutti gli spostamenti. Che ci proteggono, giorno e notte. Notte e giorno. Ogni giorno.

Un corpo speciale addestrato per combattere qualsiasi minaccia, persino i terroristi. Persone splendide, che da allora seguono ogni mio passo e mi tutelano.

Ci sono però anche dei colpevoli veri: non di quelle colpe che fin ora – magari per deformazione professionale – ho assegnato alle persone care, a quelle che devo ringraziare, a quelle verso cui nutro stima e riconoscenza.

No, sono colpevoli veri, questi: e meritano un castigo. Se la vita mia e dei miei figli da quel 6 maggio è cambiata – e quanto! – la colpa è loro.

Giuseppe Setola e Michele Zagaria non sono mai stati, né mai saranno, dei miei amici. A modo loro e in ogni modo possibile mi hanno fatto arrivare segni tangibili del loro odio nei confronti miei e, cosa ben più vigliacca, dei miei familiari. Lo hanno fatto in numerose occasioni, inesorabili nel loro procedere senza fermarsi davanti a nulla, lo hanno fatto a lungo, e puntualmente.

...E poi dicono che al Sud non funziona niente. La mafia funziona, purtroppo!

Funziona, sì, e continuerà a funzionare fin quando non si riuscirà a creare un sistema di aggressione globale che coinvolga tutte le istituzioni e che sia capace di rassicurare la gente. Tutta la gente, casa per casa. Tutto il paese.

Non si può pensare di sconfiggere la mafia solo con la passione, l'impegno e il sacrificio di pochi uomini.

Anche questo vuol dire scegliere il proprio senso di marcia, in questo caso quello dello Stato.

Dipende da quanti chili di anima ci metti, si diceva. È vero, ma non basta.

Dipende anche... anzi, no: dipende soprattutto da quanti ce la mettono, l'anima. Dal modo in cui sono impiegate le energie dello spirito, e del corpo. Non si può vincere la mafia solo con il pensiero. Non si può vincere, solo con il cuore.

Occorre il fisico, occorre imparare a colpire duro quanto loro e più duro ancora, se serve. Siamo sotto attacco, e col-

pire è una legittima difesa. Anche se lo Stato, la gente per bene, lo farà legalmente, onestamente, e alla luce del sole.

Fino ad oggi, le mafie hanno avuto campo fertile e sono sopravvissute perché non si è riusciti a creare proprio questo sistema di difesa, questo corpus unico, granitico, irremovibile. Sono ancora lì, le mafie, perché la nostra società non ha ancora maturato gli anticorpi necessari per scongiurare nuove infezioni.

Eppure, oggi dalle nostre parti ci sono le condizioni per vincere: lo vedo da tanti segnali, lo vedo sulla mia pelle, quando penso che alla fine le minacce di questa gente non sono riuscite a bloccare l'imponente azione di contrasto sbocciata qui in Campania.

Ci sono stati uomini e donne – e non parlo solo di magistrati e di appartenenti alle forze dell'ordine; le persone comuni possono agire come buoni medici e ricercatori, in qualche modo – donne e uomini che hanno avuto gambe e braccia forti, cuori grandi, menti lucide abbastanza per portare avanti tutte le idee giuste. Per mettere in atto nei confronti della criminalità organizzata i propositi di riscatto da cui è nato questo risultato grandioso nella sua esattezza, e giustizia.

Sì, perché – e lasciatemelo dire con un certo orgoglio e immensa soddisfazione – quei signori li abbiamo catturati; e adesso la loro unica prospettiva è marcire nelle patrie galere per tutta la vita.

Si chiamano uomini d'onore, tra di loro, ma non sono l'una cosa e non hanno l'altra. Una cella è più di quanto meritino, per ciò che hanno fatto.

Adesso, si dovrebbe avere la forza ed il coraggio di completare l'opera. Tutti. Il compito non può più essere solo di pochi, non può essere solo nostro.

Questa è un'altra storia, però. Vedremo come andrà a finire.

Napoli,
1° novembre 2016

finito di stampare
nel mese di novembre 2016
per conto di Giapeto editore